I0565153

Writer Guild of America East
Número del Certificado de Registro: I373187
Fecha de Registro: 09/25/2024

ISBN: 9798341201446

Portada: Creada por DELL-A

Impreso en los Estados Unidos de América

Nido de Ratones

Tito Lugo MD©

"lo que realmente lo guiaba era ese llamado eterno, esa promesa que le habían dejado en un sueño mucho más antiguo que su propia vida"

I

Simón sabía que su regreso a la isla no sería fácil. No lo había sido la primera vez, cuando su madre lo llevó en un éxodo silencioso, escapando de los recuerdos que la muerte de su padre había dejado flotando en el aire como cenizas. Ahora, después de haber vivido una vida entera en el continente americano, un lugar donde los días se sucedían monótonos y desprovistos de la magia de su niñez, la llamada de la isla se volvía cada vez más fuerte en sus últimos momentos. La enfermedad terminal avanzaba, apoderándose de su cuerpo como las raíces de un árbol viejo que se retuercen hasta sofocar la tierra que las alimenta, y Simón sentía que debía volver, regresar a ese punto en el tiempo donde todo había comenzado.

La idea de volver no era solo una empresa física, sino una travesía emocional hacia lo más profundo de su ser. Cada recuerdo que había enterrado bajo capas de tiempo volvía a aflorar, sacudiendo su frágil cuerpo con una fuerza casi insostenible. Pero entre esos recuerdos había algo más: una promesa no cumplida, una vida que no había sido vivida completamente. El vasto océano entre el continente y la isla se extendía como una distancia insalvable, como si la tierra misma lo quisiera mantener alejado de su origen. "Todo es demasiado tarde", se repetía a sí mismo en el silencio de la noche, pero una voz más antigua, tal vez la de su padre, le susurraba que aún quedaba una última historia por contar en esa isla lejana.

—Tan pronto puedas y con juventud, regresa a la isla— le había dicho su difunto padre en los sueños, en esos momentos de duermevela en los que las palabras del mundo de los vivos y los muertos se entremezclan, como olas acariciando una orilla. Esas palabras se repetían como un eco distante en su mente, resonando con la insistencia de quien conoce un secreto sobre el destino que los vivos aún no pueden comprender.

Simón siempre había pensado que esas palabras eran una promesa vana, algo que su padre, arrastrado por el velo de la muerte, había querido dejarle como un consuelo. Pero ahora, mientras su cuerpo flaqueaba y la juventud le había sido arrebatada por la enfermedad, entendía que esa advertencia no era una simple esperanza de días futuros, sino un mandato de la tierra misma. La isla lo llamaba, no con la voz de su padre, sino con la voz del tiempo, con la voz de aquello que había estado esperando su regreso desde el día en que lo vio partir.

El problema era que había dejado pasar la juventud, y con ella, la oportunidad de volver de la misma forma en que su padre lo había soñado. Pero ¿acaso eso importaba ya? Simón sentía que no era la juventud lo que lo llevaría de regreso, sino el peso de los recuerdos, de los años acumulados como hojas marchitas en un otoño perpetuo. El barco, el océano, y el deterioro de su cuerpo no eran más que obstáculos físicos; lo que realmente lo guiaba era ese llamado eterno, esa promesa que le habían dejado en un sueño mucho más antiguo que su propia vida.

Fue entonces, en medio de una noche particularmente difícil a bordo del carguero, cuando el agotamiento y la nostalgia se unieron para darle un auténtico soponcio. Cayó en una especie de desmayo breve, donde el peso de la desesperanza y del cansancio lo envolvieron como un velo. Despertó poco después, tambaleante, pero con la determinación de continuar, pues no podía permitirse el lujo de rendirse tan cerca de la isla que lo llamaba con tanto anhelo.

Después de días de meditación febril, y con el cuerpo debilitándose, Simón decidió que su única forma de regresar era a través de los gigantes que dominaban el mar: los barcos cargueros que traían vida a la isla. Sabía que el viaje sería difícil, no solo por las trampas logísticas, sino por el peso de los recuerdos que cargaba consigo. No había rutas sencillas para un ratón como él, pero sabía que debía intentarlo.

Ya no tenía la misma agilidad en cuatro patas que cuando era más joven. Antes, podía moverse con la ligereza de una sombra, pero ahora, el peso del tiempo caía sobre él con la lentitud implacable de una piedra arrastrada por la corriente. Su pelaje, que antaño había sido negro como la noche sin luna, se había tornado cenizo, como los últimos aleteos de un fuego en extinción. Cada paso que daba le recordaba que el tiempo, ese enemigo silencioso, lo había alcanzado.

En la nave, debía ser más precavido que nunca. Los humanos a bordo eran un peligro constante, y su cuerpo ya no respondía con la rapidez necesaria para escabullirse en un parpadeo. Sabía que un solo error podía significar el fin de su viaje y, con él, la oportunidad de cumplir el último deseo de su vida. Los días en el barco eran largos, llenos de tensión. Cada ruido, cada movimiento fuera de lugar, era una amenaza. Simón avanzaba lentamente, aferrado al deseo de volver a la isla, pero siempre alerta, como un eco que sabe que no será escuchado.

Desde las alturas de una rejilla oxidada, se detuvo un momento a otear el horizonte, observando con atención cada movimiento humano, cada ruido que pudiera significar un peligro. Sus ojos pequeños y brillantes analizaban todo a su alrededor, buscando cualquier señal de amenaza.

Los puertos eran lugares caóticos, llenos de ruido, humo y movimiento constante, pero Simón había aprendido a moverse entre los humanos como un espectro, invisible a sus ojos, tan insignificante como el polvo que se levantaba en cada rincón. Los humanos nunca miran hacia abajo, pensaba, y eso lo había mantenido vivo. Mientras se escondía entre las cajas de suministros, su mente se llenaba de las historias que su madre le había contado sobre la isla: el sonido del mar rompiendo contra los acantilados, los bosques densos donde cada árbol parecía esconder un secreto, y el viento que hablaba un idioma olvidado. Esos recuerdos eran su ancla, lo único que lo mantenía en pie en medio de la vorágine de su enfermedad.

El viaje en el barco no sería sencillo. El carguero era una bestia viva, con sus entrañas de acero crujiendo con cada ola que golpeaba su casco, y Simón debía aferrarse a la vida con uñas y dientes. El movimiento constante, el riesgo de ser descubierto, y la debilidad de su cuerpo lo consumían poco a poco, pero su deseo de volver a la isla, de morir bajo su cielo, le daba fuerzas. "El cielo de la isla será mi último refugio," pensaba, mientras el cansancio amenazaba con arrastrarlo al olvido. Cada minuto en el barco era una batalla entre la vida y la muerte, pero Simón sabía que su travesía no solo era un viaje físico.

Era un retorno hacia sí mismo. Simón no solo buscaba la isla de su niñez, sino que buscaba reconciliarse con el tiempo que había perdido, con la ausencia de su padre, con los años que lo habían convertido en un extraño tanto en el continente como en su propia vida. "La isla me espera," repetía como una plegaria, porque en el fondo sabía que su regreso no era solo un capricho final, sino una necesidad, una forma de cerrar el círculo de su existencia.

Cuando las primeras luces de la isla aparecieran en el horizonte, Simón ya no sería el mismo ratón que había partido. En su cuerpo frágil y enfermo, cargaba toda una vida de recuerdos, de pérdidas y anhelos. Y, mientras sus ojos se cerraran por última vez bajo el cielo de su tierra natal, sabría que había logrado algo más grande que el simple regreso: había vuelto a su hogar, pero también a sí mismo, como si toda su vida no hubiera sido más que un viaje de ida y vuelta hacia esa isla de infancia y de eternidad.

En su partida inicial, Simón había dejado atrás a dos hermanitos. Como todo roedor, la comunicación entre ellos no necesitaba palabras, sino que fluía a través del tacto, de las feromonas que emitían y de esos delicados sonidos ultrasónicos que solo sus oídos podían captar. Fue por esos medios invisibles que Simón descubrió que no estaba completamente solo en aquel carguero que lo devolvía a la isla. Una vibración tenue, casi imperceptible, le habló de la presencia de otro camundongo. Este joven roedor, apenas un eco aventurero de su propia juventud, viajaba en las mismas entrañas del barco de acero.

A mitad del trayecto, sus caminos se cruzaron en la penumbra, y desde entonces, compartieron algo más que la soledad del viaje. Con la complicidad que solo dos almas errantes pueden forjar, encontraron una inusual amistad en la rutina nocturna. Entre las sombras, mientras el mundo humano dormía, se nutrían de las migajas que los marinos dejaban caer, como si las estrellas mismas las hubieran desprendido de los cielos oscuros. La noche, siempre su aliada, les brindaba el espacio para vivir su propio viaje, uno de silencios cómplices y aventuras compartidas en las entrañas del mar.

Simón, en su viaje hacia la isla, no podía dejar de pensar en los dos hermanos que había dejado atrás. Eran más jóvenes que él, pequeños aún frente al vasto mundo que apenas comenzaban a conocer. Si el destino había sido generoso y los había mantenido a salvo, tendrían apenas un mes menos que él, pero su corta vida estaba constantemente amenazada por los depredadores que acechaban desde las sombras.

Simón, a sus veinte meses, había vivido lo suficiente para conocer los peligros de su especie. Los halcones en los cielos, con sus ojos afilados como dagas, podían atraparlo en un suspiro si se aventuraba en campo abierto. Los gatos, cazadores sigilosos, acechaban entre los patios de los humanos. Y aunque la vida de cualquier roedor era una carrera constante contra esos depredadores, el cuerpo de Simón llevaba una carga adicional: un fibrosarcoma en los tendones de su pata delantera. La enfermedad se aferraba a él como una raíz maligna que retorcía su movimiento y le recordaba, en cada paso doloroso, lo vulnerable que era.

Ese tumor le ralentizaba, y cada vez que caminaba por el campo, sentía que la tierra misma le susurraba advertencias, como si el viento le dijera que era fácil presa para cualquier cazador. Simón sabía que el tiempo no estaba de su lado, pero la llamada de la isla seguía siendo más fuerte que cualquier miedo, como si las fuerzas ancestrales del lugar lo empujaran a seguir adelante, incluso si la muerte rondaba cerca.

Después de una cena improvisada y carente de elegancia, Simón finalmente conoció el nombre de su compañero de travesía: Maximus. Un joven topo de espíritu vigoroso, fuerte e intrépido, aunque con un aire de imprudencia que a veces lo hacía parecer algo torpe. A pesar de su juventud, Maximus poseía una sabiduría inusual sobre los secretos de la isla, susurrada por los rincones oscuros y húmedos de la nave.

Maximus había hecho de las entrañas más profundas del barco su hogar. Allí, donde la oscuridad era densa y el aire pesado, vivía desde que fue abandonado al nacer. Sus padres, capturados por la cruel invención de las ratoneras, fueron desechados por los marineros, quienes los lanzaron por la borda sin piedad. Maximus había sido testigo del "sal para afuera", un macabro ritual en el que los roedores atrapados eran arrojados al mar, su último destino.

Simón, por su parte, estaba de paso en ese mundo de sombras, pero la historia de Maximus resonaba profundamente en su ser. A pesar del abandono y la tragedia, el joven topo no había sucumbido a la desesperación. Había aprendido a escuchar los susurros del barco y del mar, como si fueran aliados silenciosos que le enseñaban a sobrevivir. A medida que compartían más de sus noches, Simón entendió que Maximus, con su espíritu intrépido, era el reflejo de una juventud que él mismo había dejado atrás.

Maximus, un ratón singular con alma de marinero, solía moverse con soltura entre las sombras del barco, pero su corazón latía con fuerza por las noches en la ciudad vieja de San Juan. Cada quincena, si los capitanes de la Naviera se lo permitían, Maximus se aventuraba por las calles empedradas y las esquinas coloniales de la ciudad, saboreando la libertad de un puerto que lo acogía como si fuera parte del océano mismo.

Sin embargo, esa libertad estaba condicionada por una realidad que ni los más osados marineros podían esquivar. La Ley Jones de 1920, una vieja y pesada cadena, se cernía sobre la isla como un espectro, impidiendo que su gente y su tierra comerciaran con el mundo de forma libre. Según esta ley, solo los barcos construidos en los astilleros de

Estados Unidos y tripulados por ciudadanos estadounidenses podían transportar mercancías entre los puertos del país, lo que incluía los viajes entre la parte continental de EE. UU. y Puerto Rico.

Para Maximus, esta absurda limitación no era más que una trampa disfrazada de legalidad, una ratonera invisible que mantenía a la isla prisionera de los caprichos del continente. Las oportunidades de comercio, como las corrientes de mar que traen vida a las costas, se desvanecían antes de tocar la orilla. El viejo San Juan, con toda su historia de conquistas y navegantes, parecía más aislado que nunca, a pesar de estar tan cerca del corazón del imperio. Las embarcaciones que podrían traer prosperidad desde otras tierras quedaban bloqueadas, condenando a la isla a depender de unos pocos barcos, siempre los mismos, siempre controlados por manos lejanas.

Maximus lo veía en las noches, en los callejones oscuros de la ciudad portuaria. La promesa de conexión con otros rincones del mundo era un espejismo que los humanos no podían ver, atrapados en leyes que no entendían, mientras él, desde su pequeña perspectiva, comprendía las barreras que mantenían a la isla anclada en el tiempo, como un barco sin velas en medio del océano.

El desarrollo moderno de la isla llegaba al ritmo de los cruceros comerciales, aquellos gigantes flotantes que, como si fueran montañas móviles, atracaban en sus puertos casi a diario. Siete por semana, una bestia colosal de metal cada día. Cientos de miles de humanos descendían de esos navíos turísticos, explorando la isla con ojos deslumbrados por el sol caribeño, y entre ellos, uno que otro ratón con porte altivo se escabullía por las escaleras, mezclándose en el bullicio de la llegada.

Las trampas para esos turistas humanos estaban finamente calculadas: cada esquina de la vieja ciudad capital era una red de encantos cuidadosamente tejida. Pero para los ratones locales, las trampas eran más primitivas, más mundanas, y a menudo más dulces. Maximus sabía que algunos de sus hermanos no podían resistir la tentación de quedarse, embelesados por las ratonas criollas que, según los rumores que corrían por los callejones, eran poseedoras de cuerpos esbeltos y colas larguísimas, tan gráciles como las olas que golpeaban los muros de la fortaleza. Allí, bajo el amparo nocturno y mientras el alcalde y su séquito de burócratas inflados de poder lo permitían, se multiplicaban en los rincones secretos de la ciudad, dejando su marca en cada grieta de los adoquines antiguos.

El Viejo San Juan no era solo un refugio para ratones; era también un campo de batalla invisible, una ciudad que había sido saqueada una y otra vez. Los españoles la habían tomado como su botín de ultramar por más de 500 años, y luego, en el ocaso de su imperio, la isla cambió de manos como un trofeo desgastado, pasando a formar parte del dominio estadounidense tras la guerra hispanoamericana de 1898. Desde entonces, la "perla del Caribe" había sido un terreno de promesas rotas y sueños coloniales aplazados, un escenario en el que los seres invisibles, tanto humanos como roedores, jugaban papeles que no habían elegido.

Los cruceros que llegaban eran el nuevo rostro de esa conquista silenciosa, una conquista económica en la que las almas y los cuerpos se entremezclaban en las horas más oscuras de la madrugada, cuando los ratones recorrían las calles como fantasmas y los turistas dormían, ajenos a la historia que los envolvía. La isla, esa joya atrapada entre dos imperios, seguía siendo un tesoro codiciado, pero para sus habitantes —sean humanos o roedores—, solo era un recordatorio constante de que el tiempo avanzaba sin ellos, llevándose consigo las ilusiones de una verdadera independencia, mientras las trampas del pasado se repetían con cada nuevo amanecer.

—Te digo, Simón, si es que ese es tu nombre —exclamó Maximus con un brillo juguetón en sus ojos, mientras sus patas rozaban con despreocupación el suelo de metal—. Se quedan embelesados con esos rabos. Se aparean, tienen cien hijos, y se esparcen por la isla como las aguas del Mar Rojo se esparcieron sobre los carros de guerra del faraón cuando Moisés huyó de Egipto. —

Hizo una pausa, y sin dejar de sonreír, añadió con un aire de profeta:

—Es casi bíblico... Pero dime, ¿qué haces tú en mi nave? —

Antes de que Simón pudiera responder, Maximus continuó, como si el tema aún lo intrigara:

—Te digo, Simón, las ratonas del Viejo San Juan no son como las de otros lados. Aquí, algunas se han convertido en verdaderas crisantas, dominando a los pobres ratones que caen en sus trampas. Conozco a uno que no da ni un paso sin el permiso de su pareja... —dijo Maximus, sonriendo entre dientes. —Es casi cómico, pero también aterrador. —

Simón lo miró, desconcertado, sus bigotes vibrando al compás de su respiración agitada, y su nariz, siempre alerta, se movía con inquietud. Para los ratones, la nariz no es solo un órgano más; es el centro de su universo social. A través de ella, Simón podía percibir las feromonas que los cuerpos de su especie liberaban al aire, un lenguaje invisible de señales que les permitía reconocerse, establecer jerarquías y, por supuesto, aparearse.

Simón no era como los demás roedores. Desde pequeño, había desarrollado una aguda capacidad para entender el mundo que lo rodeaba, no solo por su instinto, sino

también por su habilidad para captar los sonidos y señales de diferentes especies. Su
tiempo viviendo entre los humanos lo había
convertido en una especie de políglota, capaz de entender sus palabras y acciones, al
mismo tiempo que dominaba el intrincado
lenguaje de feromonas y ultrasonidos que
compartían los de su especie.

En ese instante, mientras su nariz captaba la
presencia y esencia de Maximus, comprend-
dió que el topo no estaba bromeando ni exa-
gerando sobre los ciclos de vida que descri-
bía.

—¿Cómo que tu nave? — replicó Simón, dejando escapar una risita breve mientras sus
bigotes seguían moviéndose de lado a lado,
interpretando con precisión el lenguaje invisible que flotaba entre ellos.

—No sabía que un roedor era el dueño—.

—No lo soy, pero este barco lleva tanto
tiempo conmigo que podría serlo—, respondió Maximus, su voz cargada de una extraña
mezcla de nostalgia y orgullo.

—Aquí he sobrevivido más tiempo del que algunos ratones pueden soñar, y mientras sigo respirando en sus entrañas, es mi hogar— consagro con su murina voz.

El barco, esa bestia metálica que cruzaba los mares con indiferencia hacia el destino de los pequeños que habitaban en sus profundidades, parecía latir en sincronía con las palabras de Maximus. Como la isla misma, atrapada en un ciclo interminable de promesas y desengaños, el carguero era testigo mudo de las vidas que se entrecruzaban en su interior, tanto de los humanos como de los ratones que hacían de sus sombras su reino. Simón, moviendo nuevamente sus bigotes con una mezcla de resignación y curiosidad, comprendió que la nave no era solo un medio de transporte: era un microcosmos, un reflejo del destino de la isla y su gente, donde las almas errantes, siempre en tránsito, buscaban un lugar al cual llamar hogar.

—Vengo a dejar mi vida en la isla—, dijo Simón, con un tono cargado de nostalgia y resignación, como si cada palabra fuera una despedida. —Mi madre me llevó al continente en un barco similar antes de que me destetara. Ahora, estoy viejo, enfermo...

tengo una enfermedad terminal que me consume lentamente—.

Maximus, un Mus musculus como Simón, pero en el esplendor de su juventud, bajó la mirada por un momento. Aunque compartían la misma especie, sus caminos habían sido muy distintos, y ahora la enfermedad había hecho que Simón se distanciara incluso de lo que una vez fue su naturaleza vivaz.

—Lamento oír eso, Simón—, dijo Maximus, con una empatía que pocas veces se encuentra entre los de su especie, acostumbrados a vivir al filo de la supervivencia. Tras una breve pausa, preguntó: —¿De dónde es tu cepa? —

—Precisamente de donde hemos atracado, la capital—, respondió Simón, mientras el eco del puerto se filtraba a través de las tablas del barco. Para un *Mus musculus*, esas palabras no solo significaban un lugar físico, sino un lazo ancestral. Era un regreso a la tierra donde sus ancestros habían recorrido túneles y calles en busca de refugio.

—¿Te queda familia? ¿Vieja? —, insistió Maximus, sabiendo bien lo frágil que puede ser la vida de un ratón, incluso para una especie tan resiliente como la suya, adaptada a vivir en los márgenes de las grandes ciudades humanas.

—Dos hermanos... pero no sé si todavía están con vida—, respondió Simón, sus bigotes temblando al recordar. —Vivíamos en las alcantarillas que drenan las calles de la Fortaleza y del Cristo—. Para un *Mus musculus*, las alcantarillas no eran solo refugio, sino un laberinto lleno de memorias, donde generaciones de su especie habían aprendido a sobrevivir entre el caos humano.

Maximus asintió, entendiendo lo que esas calles representaban. La Fortaleza, sede del poder, y el Cristo, símbolo de redención, se cruzaban sobre las vidas de quienes vivían ocultos en las sombras, invisibles para los ojos de quienes gobernaban desde arriba.

—Ese es el primer sitio donde deberías buscar—, dijo Maximus, con una firmeza que trascendía su juventud. Sabía que, aunque sus vidas parecieran insignificantes, compartían una historia de resistencia en los rincones olvidados de la ciudad.

Simón asintió lentamente, agradecido.

—Gracias—, murmuró, mientras el peso de su enfermedad y del viaje se mezclaba con el peso de la historia de la isla. Ambos, ratón e isla, *Mus musculus* y tierra, habían sobrevivido contra todo pronóstico, invisibles para el mundo que seguía su curso en la superficie.

A las seis de la tarde, el naviero finalmente atracó en el muelle cuatro de la capital, sus enormes cuerdas tensándose como si el barco respirara aliviado tras el largo trayecto. Al día siguiente, vaciarían el contenedor cargado de mercancías traídas desde el continente americano, algunas de ellas habiendo dado la vuelta al mundo solo para acabar en esta isla del Caribe, una trampa de tierra flotante, atrapada entre promesas de progreso y las limitaciones de su realidad.

Las grúas y los marineros comenzarían su rutina al amanecer, descargando cajas que contenían sueños lejanos empaquetados, objetos que habían visto puertos de tierras distantes y que ahora descansaban en una isla olvidada por los grandes imperios, como las migajas que caen de la mesa después de un banquete. La conexión con el mundo exterior era constante pero desigual, y los bienes que llegaban a este rincón del Caribe parecían más un recordatorio de lo que la isla no podía alcanzar por sí misma.

Se estableció una rampa para que los marinos pudieran descender y disfrutar de unas horas en las barras de la ciudad portuaria, buscando olvidar las largas jornadas en altamar con un par de tragos y algunas risas entre desconocidos. Y por esa misma rampa, en la penumbra de la noche, se escabullirían Simón y Maximus. El primero, con el peso de la incertidumbre en sus hombros, deseando encontrar a los restos de su familia en los rincones oscuros de la ciudad vieja. El segundo, con la ligereza de la juventud, ansioso por disfrutar de las calles en busca de alguna ratona de trasero y rabo grande, tan perfecta como las leyendas que corrían por los túneles subterráneos.

Mientras Simón veía en la capital un lugar lleno de recuerdos y fantasmas de lo que una vez fue, Maximus lo percibía como un terreno fértil para aventuras. Para uno, la ciudad era un laberinto donde el pasado se entretejía con los escombros de las conquistas; para el otro, era una oportunidad para perderse en el presente, en las promesas de una noche sin preocupaciones. La isla, atrapada entre esos dos mundos, seguía su curso. Como un viejo navío que nunca avanza, varada en el tiempo, mientras sus habitantes —humanos y ratones por igual— se debatían entre la esperanza de encontrar algo más allá de sus límites y el deseo de vivir sin pensar en el mañana.

Esa noche, bajo el cielo oscuro y estrellado que cubría la capital, Simón se despidió de Maximus, aunque la despedida, como tantas otras en la vida, era más una metáfora que una realidad absoluta. Después de todo, casi nunca siempre es siempre, y las despedidas, como las promesas, son espejismos que el tiempo rara vez cumple.

—Hermano, gracias por tu hospitalidad en el viaje—, dijo Simón, con una mezcla de gratitud y melancolía. Sabía que su travesía había sido más llevadera gracias a la compañía de Maximus, pero también sabía que su camino era otro.

—No hay por qué—, respondió Maximus, con la despreocupación que siempre lo caracterizaba, aunque en el fondo, también comprendía que esta despedida tenía el peso de lo definitivo.

—Si decides regresar al continente, este mismo barco lo hace en quince días—, añadió, como si quisiera dejar una puerta entreabierta al futuro, aunque ambos sabían que Simón ya había dejado atrás cualquier esperanza de retorno.

—Tendré eso presente, pero no creo que regrese—, dijo Simón, mientras sus bigotes temblaban levemente al compás de sus palabras.

—Tampoco creo que vuelva a verte—. No había tristeza en su tono, solo la aceptación silenciosa de quien entiende que su camino se bifurca, y que lo que queda por recorrer lo hará solo.

Maximus, con un ligero asentimiento, se limitó a desearle lo mejor.

—Que pases lo mejor que puedas con lo que te queda, Simón—. No había dramatismo en su voz, solo una especie de comprensión entre dos seres que conocían las limitaciones de sus cortas vidas, y el implacable paso del tiempo.

—Trataré—, respondió Simón, con la sencillez de quien sabe que no hay más que hacer, salvo seguir adelante. Y así, bajo las sombras de la noche, ambos tomaron caminos diferentes, como tantas almas errantes en una isla atrapada en el flujo constante de la historia, donde las despedidas y los reencuentros eran tan efímeros como las promesas de los imperios que alguna vez intentaron dominarla.

Eran las cuatro de la madrugada cuando dos roedores, uno viejo y otro joven, descendieron rodando por la rampa de salida única, como sombras insignificantes en medio del bullicio de la ciudad dormida. Nadie, salvo otros saqueadores nocturnos que se mantenían despiertos, celebrando entre los desperdicios desechables de los humanos, notó la salida de esos dos clandestinos.

Cada uno comenzaba una nueva travesía en esa vida mezquina y evasiva que arrastraban. El viejo, buscando retazos de una identidad que el tiempo y la distancia le habían arrebatado, y el joven, persiguiendo los placeres fugaces que la existencia como escurridizo roedor le ofrecía.

A esas horas, las calles del Viejo San Juan eran un escenario de descomposición. El hedor a orina, alcohol, semen y comida podrida impregnaba el aire, una mezcla tan densa que casi parecía sólida. Pero para las criaturas marginales que habitaban la ciudad, como los carroñeros de las sombras, era el ambiente perfecto para sus andanzas. Y mientras estos oportunistas de la penumbra aprovechaban el caos, el alcalde, tan débil e indiferente como el aire viciado de su propia administración, descansaba de su agotadora campaña electoral. Buscaba revalidar su mandato con promesas que flotaban en el viento, tan ligeras como el papel en el que estaban impresas.

Su lema, "Por un mejor San Juan", colgaba en los muros deteriorados de la ciudad como una promesa vacía, difícil de sostener en una capital que seguía desmoronándose, al igual que la confianza de su gente. Durante su primer mandato, sus logros habían sido tan efímeros como los pasos de las pequeñas criaturas que recorrían las calles al amparo de la oscuridad. San Juan, como la isla misma, seguía atrapada en un ciclo de promesas rotas y esperanzas abandonadas, donde tanto los humanos como los roedores se encontraban en una eterna lucha por sobrevivir entre los escombros de una historia que nunca terminaba de avanzar.

El viento susurra en las grietas de las piedras,
donde nacen los invisibles,
esos que se deslizan entre las sombras del poder.

No hay final en esta isla antigua,
solo un ciclo interminable de promesas vacías,
donde las manos humanas construyen
y las patas diminutas deshacen en silencio.

Cada noche, el ciclo empieza de nuevo:
los humanos sueñan con grandeza,
y los ratones, astutos y pacientes,
esperan su turno en la oscuridad.

¿Qué es el poder, sino una ilusión efímera?
Los humanos lo persiguen,
mientras los ratones lo esquivan,
sabios en su danza silenciosa.

El mar, eterno y sereno,
mira sin intervenir,
mientras la isla, testigo de mil batallas,
se inclina ante aquellos que la entienden mejor:
los que nunca alzan la voz,
pero siempre sobreviven.

II

Con las aletas de su nariz dilatándose y contrayéndose, los pequeños pelos vibraban al captar los aromas descompuestos que flotaban en el aire pesado de las calles sucias. Simón avanzaba con cautela, sus pasos lentos y medidos. Cada inhalación le traía no solo el hedor de una ciudad decadente, sino también recuerdos de lo que alguna vez fue, mientras emprendía su última travesía en busca de sus hermanos y de un rincón donde pudiera finalmente entregar su vida a la eternidad.

A medida que avanzaba, el aire cálido y denso le secaba la garganta. Cada paso lo hacía sentir más sitibundo, como si el mismo ambiente de la ciudad estuviera chupando hasta la última gota de vida de su cuerpo debilitado.

Su ruta lo llevaba por los intestinos ocultos de la capital, las alcantarillas, esas arterias invisibles que sostenían la ciudad mientras sus habitantes humanos se movían arriba, ajenos al flujo vital que circulaba por debajo. Simón, con su cuerpo ya debilitado, se desplazaba por esos túneles oscuros, tan familiares como el latido de su propio corazón. Preguntaba aquí y allá a otros habitantes de las sombras, carroñeros y errantes, por las huellas de su familia, fragmentos de su pasado que, como las promesas no cumplidas de los líderes de la ciudad, parecían desvanecerse con el paso del tiempo.

Las alcantarillas, como la isla misma, eran un refugio para los olvidados, para aquellos que se movían fuera de la vista del poder, pero que aun así sostenían la vida desde las entrañas. Mientras arriba el alcalde y sus secuaces continuaban vendiendo la ilusión de un "mejor San Juan", Simón recorría las profundidades de una capital que no necesitaba discursos, sino acción; no promesas, sino cambios reales. En esos túneles, las historias de los marginados—tanto humanos como roedores—se entretejían en el lodo y el silencio, mientras Simón buscaba entre las sombras lo que quedaba de su identidad.

Regresar del exilio, después de tantos años, solo para encontrar una tierra herida por la decadencia. Simón, con cada paso que daba por las alcantarillas, veía reflejada la corrupción desbordante, las mentiras disfrazadas de promesas, los cráteres que salpicaban el paisaje urbano, testigos silenciosos de una infraestructura olvidada.

Era imposible no recordar las historias de miles de sus hermanos, pequeños habitantes de las sombras, que habían muerto ahogados bajo las lluvias torrenciales. Las alcantarillas, incapaces de drenar las aguas por el eterno atasco de basura y desidia, se convertían en trampas mortales. Las inundaciones llegaban como una maldición recurrente, alimentadas por los frecuentes apagones que, en esta isla, eran parte del tejido diario de su historia.

Quizás entre esas víctimas, arrastradas por el agua implacable, se encontraban los hermanos de Simón. Aquellos que, al quedarse atrás cuando su madre partió en busca de una mejor vida, habían sucumbido al destino que tantos otros compartían. Simón no podía dejar de preguntarse si ellos también habían sido tragados por las aguas y la oscuridad, perdidos en los túneles de una ciudad que siempre se olvidaba de los que vivían debajo de ella.

La ruta hacia el sector donde se había criado, el barrio que guardaba los últimos recuerdos de su infancia era lenta y agotadora. Su enfermedad terminal lo obligaba a moverse con una lentitud dolorosa, y lo que antes habría sido un recorrido de días, ahora le tomaría casi una semana. Pero no era solo su cuerpo lo que se deterioraba, era también el alma de la isla. Esa isla que su madre había dejado atrás, buscando un futuro que nunca llegó del todo.

El barrio donde su madre lo había traído al mundo era el lugar al que Simón, el último de su camada, ansiaba regresar. Aquel pequeño corredor espléndido, que en su juventud había escapado de cada peligro, que había sido avistado por los ojos curiosos de los humanos del continente, pero que nunca fue atrapado ni cazado por las rapaces que acechaban desde los cielos. Un sobreviviente, como tantos en esta isla, pero ahora, en el ocaso de su vida, enfrentándose a la certeza de que no siempre se puede correr más rápido que la muerte o el olvido.

Esquivando las alcantarillas inundadas, Simón se movía con cautela a través de las cuevas y túneles creados por otros de su especie. A veces, aprovechaba los conductos de aire y los desechos de comida como vías para avanzar y, de paso, alimentarse en su lento viaje. Desde las rejillas oxidadas, observaba el mundo de los humanos, testigo silencioso de sus reuniones, donde extraían los placeres más mundanos de la vida. Desde las alturas de su escondite, podía oír fragmentos de conversaciones: conciertos de corrupción entre políticos, abogados, médicos, constructores, cada uno enfrascado en sus propios vicios y engaños, como si la naturaleza humana estuviera destinada a repetirse en una espiral interminable de decadencia.

—Todo eso no es más que una paparrucha —se dijo a sí mismo, mientras sacudía sus bigotes con desdén—. Palabras vacías que los humanos usan para convencerse de que las cosas van a cambiar. Pero yo ya lo he visto antes, solo es humo que se desvanece con el tiempo. —

El mayor problema que asolaba la isla en ese momento no era solo la corrupción, sino la falta de energía. Los apagones masivos eran tan frecuentes que ya formaban parte de la rutina de la población. La luz se iba sin aviso, dejando a los humanos en una lucha constante por la estabilidad eléctrica, mientras intentaban mantener encendidas sus vidas.

Pero para los roedores como Simón, la oscuridad traía libertad. Cada vez que las luces se apagaban, los ratones aprovechaban para salir de sus escondites, y las calles y edificios se convertían en el escenario perfecto para sus fiestas nocturnas. En la penumbra, ellos reinaban, moviéndose con total impunidad, lejos de los ojos de los depredadores y de los propios humanos.

En una de esas observaciones furtivas, aprovechando la oscuridad, Simón pudo identificar a la candidata que competía por la gobernación del país en el que había venido a morir. Los otros roedores con los que se cruzaba la detestaban. Era conocida por sus malas artes desde su juventud, y su fama la precedía como un paquete envuelto en promesas rotas. A Simón no le sorprendía escuchar que sus palabras eran huecas, que decía una cosa y hacía otra, un ciclo de confusión y errores que, al final, enredaban más a quienes la seguían.

Pero Simón no estaba ahí para juzgar la corrupción humana ni para involucrarse en el destino de esa figura política. No. Él había regresado a la isla por una razón más personal, más íntima. Buscaba su última morada, quería saber qué había pasado con los suyos, con los restos de su familia. Era una misión de despedida, no de crítica. En su debilitado cuerpo y su mente envejecida, no había espacio para los enredos de los poderosos. Esa parte debía quedar clara en la mente de quien lo acompañaba en su viaje: Simón solo deseaba cerrar el ciclo de su vida, en el mismo lugar donde esta había comenzado.

Pero la vida tiene esa cualidad inescapable de sorprenderte cuando menos lo esperas. Crees que estás en busca de tu propio destino, y de repente te topas con los destinos de otros, entrelazados de manera invisible. En su andar por los túneles oscuros y las calles olvidadas, Simón se daba cuenta de que su viaje no solo lo llevaba hacia su meta, sino también por caminos recónditos, desviándose hacia las historias ajenas.

En cada tropiezo, en cada encuentro con seres de carne y hueso, se encontraba ante otros que también cargaban con sus propios propósitos, sus propias luchas, y a veces, sin querer, esas vidas causaban daños colaterales.

Cada parada que hacía Simón, deteniéndose un momento para respirar y catar las feromonas que sus antepasados habían dejado flotando en el aire, le ofrecía una instantánea del estado de su especie. Captaba, en esos aromas invisibles, el grito de los suyos, la desesperación colectiva de una patria que se desmoronaba bajo el peso de sus propios fracasos. Las condiciones deplorables que los humanos enfrentaban no eran ajenas a los roedores; de hecho, parecía que, si la vida era difícil para los humanos, para los ratones era aún más cruda y despiadada.

Era como si cada molécula de aire enrarecido le contara la misma historia: una juventud abatida, sofocada por la mala calidad de vida, tanto en las sombras como en la luz. Los jóvenes, roedores y humanos por igual, parecían condenados a vivir en un ciclo de decadencia, donde las oportunidades eran escasas y la esperanza, un lujo. Simón sentía que la isla se estaba ahogando en sus propios problemas, y el grito de su especie, aunque silencioso para los humanos, resonaba en su corazón como un eco persistente. Porque al final, la verdad era clara: si la vida era mala para los humanos, para los roedores,

que vivían en las grietas y márgenes, la vida
era probablemente pésima.

Los adoquines antiguos y los túneles secretos que recorrían las viejas calles de la capital
se entrelazaban como un laberinto perfecto,
ideal para moverse en silencio por la ciudad.
Esos pasajes le ofrecían a Simón todo lo que
necesitaba: agua para sobrevivir, refugios
donde descansar durante las largas quince
horas de luz del día, aguardando pacientemente la llegada de la noche. Los roedores,
en muchos sentidos, se comportaban como
sus homólogos nocturnos, los vampiros, que
no eran más que ratones con alas, criaturas
de la oscuridad que encontraban en la noche
su verdadero hogar.

La vida nocturna era su única realidad, un
mundo que se despertaba en cuanto el sol se
ocultaba, dándole apenas diez horas para
moverse con libertad. Poco a poco, en su recorrido estipulado, Simón iba descubriendo
lo que había sucedido en su isla natal durante los últimos dieciocho meses. Lo que
veía y escuchaba a través de las rejillas y túneles era devastador. Los servicios más básicos —el agua, la electricidad, la salud, y la seguridad—, pilares de cualquier sociedad, se

habían deteriorado hasta el punto del colapso. La infraestructura que una vez había sostenido la vida cotidiana de la isla ahora se desmoronaba, y con ella, la esperanza de una vida digna.

Los humanos ya no se ocupaban siquiera de eliminar a las plagas, como lo hacían antes. Parecía que habían aprendido a convivir con ellas, indiferentes al caos que se apoderaba de la ciudad. Era un reflejo de su propia desesperación, de un estado de abandono tan profundo que, hasta las criaturas marginales, como los roedores, pasaban desapercibidas entre los escombros de la civilización. La capital, y el país entero, se encontraban en un estado de caos que no parecía tener solución.

Pero Simón no había regresado desde tan lejos para impartir justicia ni para resolver los problemas de una sociedad que él mismo había dejado atrás. No, su propósito era otro. Este era un viaje personal, una búsqueda que iba más allá del colapso de los humanos o de las ciudades que se desmoronaban bajo su propio peso. Su mirada estaba fija en su destino, y no en la decadencia que lo rodeaba.

Simón había permanecido fiel a su madre durante los últimos meses de su vida, cuidándola en sus horas finales mientras veía cómo la enfermedad la consumía lentamente. Fue en ese tiempo que Simón comprendió más sobre su propia existencia, recogiendo los fragmentos de una vida marcada por el sufrimiento. Su madre, como él, había sucumbido al mismo mal: un tumor maligno que parecía correr por la sangre de su familia, una herencia cruel y congénita. Ahora, Simón se enfrentaba al mismo destino, una sombra que también podría haber alcanzado a sus dos hermanos perdidos. Tal vez esa fuera la razón por la cual no había dado con ellos aún, pero al menos, en su caso, había tenido la oportunidad de cuidar a su madre hasta el último aliento.

El contraste con su vida anterior en Nantucket era abismal. Allí, incluso para los roedores, la vida era espléndida, un paraíso inesperado para su especie. Algunos ratones de su raza vivían con lujos impensables, rodeados de una estructura social que rivalizaba con la de los humanos. Había ratones mayordomos que atendían a sus congéneres con precisión, asegurándose de que cada uno supiera exactamente la hora de la cena y guiándolos hacia los placeres más básicos de la vida. Estos mayordomos también conocían todos los secretos sobre dónde se encontraban las prendas femeninas de las ratonas más deseadas y cómo debían copular, con la intención de duplicar sus descendencias, casi como si estuvieran siguiendo un ritual cuidadosamente planificado.

En Nantucket, la vida seguía reglas diferentes, y el mundo parecía más amable, incluso para los seres más pequeños. Pero aquí, en su isla natal, donde las dificultades superaban a los lujos, todo parecía más crudo, más cercano a la lucha por la supervivencia. Simón no podía evitar pensar en la ironía de la vida: mientras algunos de su especie vivían en la opulencia, servidos por sus propios mayordomos ratones, él regresaba a una tierra rota, donde la enfermedad que lo devoraba era tan implacable como la corrupción que dominaba la vida de los humanos.

Simón recordaba con profunda antipatía y lujo de detalles el día en que fue vilmente capturado por un grupo de científicos en Massachusetts. Aquellos humanos, con sus batas blancas y miradas curiosas, lo habían obligado a ingerir un colorante alimentario experimental. Luego, con frialdad casi mecánica, le tomaron imágenes fotoacústicas, revelando sus órganos internos como si su cuerpo fuera un simple objeto de estudio. A través de su piel fina, los científicos quedaron maravillados al observar el funcionamiento de su pequeño organismo, un descubrimiento reciente que encendió su entusiasmo y ambición.

La sevicia con la que procedían era inhumana. Lo trataban como una mera herramienta, sin la menor consideración por el dolor o la desesperación que le causaban. Cuando detectaron un tumor en una de sus extremidades, lo anotaron con indiferencia y lo prepararon para el sacrificio, como si su vida no tuviera valor alguno.

Simón, que había pasado suficiente tiempo entre los humanos, comprendía bastante bien su lenguaje. Fue a través de las conversaciones que tuvo conocimiento de su propio destino: al detectar un pequeño tumor maligno en una de sus extremidades, los científicos debatieron su decisión de sacrificarlo. Aquella revelación lo golpeó con una mezcla de miedo y resignación. A pesar de su tamaño diminuto, entendía lo que significaba aquella palabra, tumor, y sabía que su vida estaba condenada por una enfermedad que había heredado, al igual que su madre.

Para los humanos, el siguiente paso era claro: utilizarlo como experimento y sacrificarlo para seguir avanzando en sus investigaciones. Pero Simón, astuto como todo buen roedor, no estaba dispuesto a dejarse atrapar por ese destino. Aprovechando un descuido, logró escapar de sus captores, deslizarse entre las grietas del laboratorio y refugiarse en un hoyuelo en la pared. Con el corazón latiendo a toda prisa y el instinto de supervivencia agudizado, esperó el momento oportuno para salir al campo abierto.

Cuando al fin lo hizo, corrió con todas sus fuerzas, dejando atrás los fríos experimentos y las voces humanas que ahora no solo le eran comprensibles, sino también mortales. Sabía lo que le esperaba si se quedaba, sabía que el tumor en su cuerpo lo marcaría para siempre, pero no podía permitir que su vida terminara en una jaula. Llegó a salvo al lugar donde lo esperaba su moribunda madre, justo a tiempo para acompañarla en sus últimos meses.

Este episodio en la vida de Simón no solo le dejó cicatrices físicas, sino también un profundo resentimiento hacia el mundo de los humanos. Aquel tumor que los científicos habían detectado en su cuerpo, la marca de una enfermedad hereditaria, lo había condenado a una lucha que ahora, más que nunca, comprendía que no podría ganar. Pero lo que nunca olvidarían aquellos humanos es que, aunque pequeño, Simón había sido más rápido e ingenioso que todos sus avanzados instrumentos.

Simón no era un ratón cualquiera. Desde pequeño, destacaba por su velocidad extraordinaria, capaz de correr más de 15 kilómetros por hora cuando el miedo lo empujaba a sus límites. Esa agilidad innata le había salvado la vida en numerosas ocasiones, y ahora formaba parte de su instinto, una herencia de la supervivencia en un mundo hostil.

Hacía dieciocho meses, cuando él y su madre llegaron al estado de Massachusetts, lograron escabullirse del naviero que los había traído como polizones. Aprovechando la oportunidad, se colaron en otro buque que los llevó a la isla de Nantucket, un lugar exclusivo, hogar de multimillonarios que vivían rodeados de lujos. Pero ellos, Simón y su madre, eran ratones de segunda mano, exiliados que llegaban con un color y olor distintos, diferentes al del resto. Aun así, no fueron del todo extraños. En esa isla de riquezas encontraron otros roedores, también provenientes de su tierra natal, que les ayudaron a asentarse en ese paraíso de los más ricos.

La vida en Nantucket era diferente. La comida, abundante y de calidad, superaba con creces todo lo que habían probado en los navíos donde viajaron ocultos, y estaba a años luz de la alimentación en la capital de origen. Los millonarios de la isla sabían cómo aprovechar la proteína para nutrirse, pero al mismo tiempo, se atiborraban de cantidades absurdas de azúcar. Ese exceso les daba un aspecto inflado y enfermizo, como si la riqueza misma hubiera hinchado sus cuerpos tanto como sus egos. Además, llevaban vidas ociosas, dedicadas al placer de no hacer nada, consumiendo sustancias que sólo aumentaban su decadencia.

Simón, observando desde las sombras, veía en ellos la semilla de su propia destrucción.

Aquellos humanos, tan poderosos y acomodados, sufrían accidentes vasculares en el cerebro y el corazón con más frecuencia de lo que admitían. Era irónico pensar que, aunque rodeados de opulencia, no podían escapar de las consecuencias de sus propios excesos. Para Simón, esa vida, aunque más fácil, no era menos peligrosa; pero había aprendido a sacar provecho de lo que el entorno le ofrecía, siempre con el instinto de quien sabe que la fortuna es volátil y la supervivencia nunca está garantizada.

Había una imponente y lujosa residencia donde Simón y su madre pasaron la mayor parte del tiempo ocultos. La mansión era un refugio ideal, y, como otros roedores se encargaban de suministrar la comida, no era necesario que ellos se expusieran recorriendo el interior de la vivienda, arriesgándose a ser cazados por los gatos domésticos o cualquier otra amenaza que acechara en las sombras.

Los dueños de la residencia eran dos gringos amantes de la opulencia, con conexiones directas con un candidato presidencial que ya había ocupado la posición más alta de la nación. Este individuo, cuyo narcisismo no conocía límites, representaba un régimen político que evocaba el fascismo que Hitler impuso durante el Holocausto. Era difícil no ver las similitudes: un líder egocéntrico, imbuido de poder y ambición, dispuesto a reescribir la historia a su conveniencia, sin importar cuántos quedaran atrapados en su ascenso. Este candidato había sido acusado y declarado culpable de treinta y cuatro delitos graves, incluyendo la falsificación de registros comerciales y pagos secretos a una actriz porno para silenciar su escandalosa relación.

Desde las sombras, los roedores se preguntaban cómo era posible que alguien con un historial tan turbio pudiera continuar compitiendo por la posición más poderosa del país. Pero, para las pequeñas criaturas que habitaban las grietas de ese imperio, tales preguntas no les concernían directamente. La política humana era un terreno lleno de engaños y farsas, y no era tarea de una alimaña formarse opiniones sobre algo tan ajeno y corrupto.

Simón había tenido la oportunidad de observar de cerca al candidato, una figura patética a pesar de su poder. Lo había visto orquestar

NidoderatonesNidoderatones

falsos atentados contra su propia vida, fabricando amenazas que no existían, solo para presentarse como invencible, alguien ante quien el mundo debía inclinarse en sumisión. Los habitantes de las sombras, como Simón y sus compañeros escurridizos, veían a ese hombre como una caricatura trágica, un gigante con pies de barro, que a pesar de toda su riqueza y poder, dependía de la manipulación y el espectáculo para mantener su reino.

Era irónico: los humanos, con todo su poder y tecnología, caían una y otra vez en los mismos juegos de manipulación. Mientras tanto, las criaturas marginales como Simón—los roedores, los husmeadores de las esquinas, los habitantes de los rincones oscuros—continuaban sus vidas, conscientes de la fragilidad del poder humano, pero sabiendo que su propia supervivencia no dependía de promesas vacías ni de grandilocuentes discursos.

El fallecimiento de la madre de Simón fue un evento silencioso, casi como si la vida se hubiera desvanecido de su cuerpo sin hacer ruido, en el anonimato de la noche. Era medianoche cuando Simón, trayéndole algo de comer a la vieja roedora, descubrió que ya no respiraba; la muerte la había reclamado. En ese momento, el dolor lo invadió por completo. Lloró desconsolado la partida de su madre, sintiendo que su alma ascendía hacia ese mundo celestial oculto del que tanto se hablaba entre los suyos. Porque, aunque pequeños, los ratones también creen en la vida eterna, desde el día en que Noé llevó a dos de su especie en su arca, otorgándoles el mismo derecho a la supervivencia que a las demás criaturas.

Sin embargo, sabía que debía darle a su madre un último adiós digno. Con esfuerzo y ternura, arrastró el cuerpo de la anciana roedora hasta la orilla de la playa. Allí, en la arena húmeda bajo la luz de las estrellas, cavó una pequeña fosa. Cubrió su cuerpo con delicadeza, asegurándose de que la arena la envolviera completamente, protegiéndola de los animales terrestres que podrían devorarla. Solo las criaturas que habitaban bajo la arena, aquellos seres invisibles para los ojos de los humanos tendrían el privilegio de probar el manjar de esa ratona tan espectacular, un último banquete en honor a la vida que había llevado.

Simón había permanecido en esa isla paradisíaca por su madre, porque ella lo merecía todo después de haber vivido una vida tan difícil en su tierra natal. Nantucket, con todas sus riquezas y comodidades, había sido solo una pausa en su propio camino, un refugio temporal mientras la acompañaba en sus últimos días. Pero ahora, sin ella, ese lugar que había sido un paraíso se volvía vacío, carente de sentido. Su madre se había ido, y con ella, todo el propósito de permanecer allí.

Era tiempo de regresar. Simón sabía que su futuro estaba marcado, limitado por la enfermedad que lo devoraba lentamente. Pero aún quedaba algo por hacer: volver a la isla de origen, encontrar a sus hermanos, y finalmente descansar. Su destino lo aguardaba en aquella tierra que lo vio nacer, y aunque su vida se apagaba poco a poco, sentía que debía cerrar el ciclo en el mismo lugar donde todo había comenzado.

III

En la isla, todo parecía estar congelado en el tiempo, inmóvil en la superficie, pero debajo, se gestaba un punto de ebullición peligroso. Los comicios generales se acercaban, y la mayoría de los humanos estaba al borde del colapso, cansados de un régimen político que llevaba ocho largos años hundiéndolos más en la desesperanza. Los pilares básicos de la vida en la isla—energía, agua potable, educación, salud, vivienda y seguridad—se habían ido por la borda, arrojados al mar de la indiferencia y la corrupción. Era como si los constantes envíos de dinero desde el continente americano se perdieran en un abismo, insuficientes para reparar los escombros de una nación en ruinas.

Las naciones vecinas, como República Dominicana, Cuba e incluso las Islas Vírgenes, ofrecían una calidad de vida superior, un contraste amargo con la realidad en la autoproclamada "Perla del Caribe". Era un título que ahora sonaba vacío, hueco como las promesas que los gobernantes en el poder seguían repitiendo. Todos lo sabían, lo veían a diario en las calles agrietadas y en los hogares vacíos de esperanza. Y, sin embargo, había un puñado significativo de fanáticos que se aferraban al partido en el poder, ciegos ante la decadencia. Estos pocos, beneficiados por la corrupción, no soltaban las riendas del desastre que ellos mismos ayudaban a perpetuar, lucrándose de la miseria ajena.

Mientras los humanos luchaban por sobrevivir en medio del caos, los roedores, como siempre, encontraban una manera de prosperar. Los ratones se deleitaban con la deplorable situación en que se encontraba la infraestructura del país. El deterioro de la isla era su paraíso, un campo libre para moverse sin miedo ni obstáculos. Caminaban con soltura por los rincones, haciendo fiestas en las sombras, conscientes de que la atención de los humanos estaba en otro lado. Sabían que ellos también formaban parte del problema social, una plaga más que se alimentaba del caos, pero, como los poderosos, no tenían intención de soltar su presa.

—Y luego está esa nueva candidata —dijo Rodolfo, con desdén en su voz—. La gente le cree como si fuera a arreglar todo, pero no es más que una tarambana. Lleva años saltando de promesa en promesa sin cumplir nada.

Simón asintió, recordando a otros humanos que había conocido en el continente. —He visto muchas como ella. Gritan mucho, pero al final, no queda nada. Esa candidata no es diferente. —

La isla, que una vez fue un paraíso lleno de promesas, ahora se hundía en su propio abandono. La podredumbre no estaba solo en las calles o en los edificios en ruinas, sino también en las almas de quienes se negaban a soltar el poder. Para los ratones, ese desmoronamiento era la oportunidad perfecta, un reflejo irónico de cómo, en medio del colapso, las pequeñas criaturas prosperaban. Como siempre, en la isla del olvido, los más pequeños se aprovechaban del derrumbe mientras los grandes seguían hundiendo lo poco que quedaba de su tierra.

Simón seguía su trayecto con una meta clara: llegar al sector que había abandonado en su temprana niñez, cuando aún era un micromamífero que se aferraba al calor y a la leche materna. Su peculiar cojera, resultado del tumor que crecía silenciosamente en su cuerpo, le impedía recorrer grandes distancias nocturnas sin detenerse a descansar. Mientras pernoctaba en alcantarillas o en cuevas naturales entre los escombros de la ciudad, se enteraba poco a poco de lo que ocurría tanto entre los roedores como en el mundo de los humanos. No existía enemigo más implacable para un ratón que un humano, y Simón, después de tantas experiencias, lo sabía mejor que nadie.

Esos días de esconderse y dormir entre las sombras lo transportaban a su juventud, a tiempos más brillantes en el noreste del continente americano. Recordaba cuando llegó a la isla de Nantucket y conoció a una ratona de origen americano, de pelaje suave y mirada llena de vida. Ella había sido su refugio en medio de la incertidumbre, y juntos procrearon varios hijos, una pequeña familia que les daba un propósito, un futuro.

Una noche, mientras descansaban juntos en una cueva cercana a la costa, Simón la observaba con ternura.

—¿Crees que estamos destinados a quedarnos aquí para siempre? —preguntó él, sus ojos cansados pero llenos de esperanza.

Ella, con una sonrisa triste, respondió:

—Ningún lugar es para siempre, Simón. Pero mientras estemos juntos, este será nuestro hogar—. En ese momento, la playa parecía un refugio eterno, pero el destino siempre encontraba la manera de entrometerse.

El hijo más pequeño que tuvieron, un pequeño roedor de pelaje dorado como los rayos de sol, lo perdieron trágicamente. Una tarde, mientras correteaba por la playa en una de sus habituales exploraciones, un halcón descendió del cielo en un parpadeo, cazando al pequeño antes de que Simón pudiera alcanzarlo. Ese instante, esa pérdida, los cambió para siempre.

—Nunca podré olvidar el sonido de sus pasos en la arena—, dijo la ratona una noche, con la tristeza marcada en su voz. —Era tan rápido, pero no lo suficiente...— Simón la miró, sabiendo que no había palabras para consolar esa herida.

—Lo intentamos—, respondió él, su voz apenas un susurro. —Hicimos todo lo que pudimos—.

Pero a pesar de esa pérdida, su amor había sobrevivido. Entre el dolor y la lucha diaria por sobrevivir, siempre habían encontrado un espacio para ellos, un rincón en el que el mundo, con todas sus dificultades, parecía detenerse.

Sin embargo, ahora, en su trayecto de regreso a la isla, esos recuerdos lo golpeaban con fuerza. No solo estaba marcado por el dolor físico de su cojera, sino también por el vacío de las ausencias, por ese hijo perdido y por el amor que había dejado atrás. Aún sentía el eco de las palabras de su compañera en sus noches solitarias, mientras se movía lentamente entre las sombras de una ciudad que apenas reconocía.

Simón, a pesar de todo, seguía adelante, sabiendo que su viaje no era solo hacia el pasado, sino también hacia la aceptación de su destino. Sabía que no volvería a ver a esa ratona, ni a sus hijos. Pero también sabía que su amor, a su manera, lo había sostenido y le había dado la fuerza para continuar, aun cuando todo parecía desmoronarse a su alrededor.

En su trayecto por varias calles adoquinadas, Simón conoció a Rodolfo, un joven de cuatro patas con un conocimiento sorprendente. Ambos iban en la misma dirección, hacia el mismo sector. Rodolfo, a pesar de su juventud, ya se había forjado una reputación como ratón historiador. Con solo un año de vida, había aprendido de boca en boca, de roedor en roedor, la triste y compleja historia de la isla. Entre susurros y murmullos en las alcantarillas, había recolectado los relatos de tragedias compartidas entre humanos y ratones, y sabía mucho más de lo que su aspecto juvenil sugería.

Manteniendo el paso lento de Simón, Rodolfo comienza su perorata de historiador:

—¿Has oído hablar del huracán María, ¿verdad? —preguntó Rodolfo, mientras ambos avanzaban lentamente por las calles destruidas.

Simón asintió, pero Rodolfo continuó, sabiendo que era necesario relatar los detalles que a menudo se pasaban por alto en las historias oficiales.

—María fue el golpe más duro para esta isla en décadas. Azotó el 20 de septiembre de 2017 con vientos de más de 175 millas por hora. Los humanos… —hizo una pausa, mordiéndose un poco el labio— los humanos no estaban preparados. Su gobierno, ineficaz y lleno de corruptos, esperó ayudas externas, como siempre. Nunca tuvieron un plan interno, nunca tomaron la responsabilidad en sus propias manos. Dijeron 64, pero en ese desastre, se perdieron 4,645 vidas humanas… y más de treinta mil de los nuestros, Simón. Treinta mil. Las inundaciones arrasaron todo a su paso, desde los hogares humanos hasta nuestros refugios más profundos. —

Simón escuchaba en silencio, pero su mente no podía evitar revivir las pérdidas personales que él mismo había experimentado. Recordaba los días en que su madre le hablaba de cómo los humanos siempre se confiaban en la ayuda externa y nunca tomaban el control de su propio destino.

—La tragedia no solo fue la tormenta —continuó Rodolfo—. El verdadero desastre vino después. El gobierno escondió suministros esenciales, toneladas de agua potable y comida, en almacenes que dejaron pudrirse al aire libre hasta que expiraron. Mientras tanto, la gente moría de sed y hambre. Y no fue un error, Simón. Fue todo intencionado. —

—Lo sé —dijo Simón, con un tono de amarga resignación—. La misma candidata que vi por las rejillas, esa mujer que juega con el sufrimiento del pueblo retuvo los suministros para marcar todo con su logo. Propaganda política mientras la gente agonizaba. —

Rodolfo asintió. —Exactamente. Les importaba más cómo se veían en las cámaras que salvar vidas. El pueblo estuvo sin energía eléctrica por tres meses. Tres meses. Y algunos aún, hasta este mismo año, no han recuperado la luz. Es inhumano, Simón. Inhumano para ellos y para nosotros. Las filas para obtener comida, agua, gasolina eran interminables. La comunicación digital se perdió por completo. La población entera quedó incomunicada y a merced de la desesperación. —

Simón dejó escapar un suspiro, sintiendo el peso de las palabras de Rodolfo. —Y mientras todo eso sucedía, los ratones del campo hicieron fiesta —añadió—. La basura se

acumulaba hasta formar pirámides de descomposición, llenas de vida. Nidos de ratones en cada rincón. Somos promiscuos, ya lo
sabes. Nos multiplicamos rápidamente. En
unos pocos meses, ya habíamos recuperado
nuestro número poblacional regular. —

—Es irónico, ¿no? —dijo Rodolfo, con una
sonrisa sarcástica—. Mientras los humanos
sufrían, nosotros prosperábamos. Las pirámides de basura, nido de ratones, fueron el
símbolo de lo mal que estaban las cosas. No
solo la infraestructura colapsó, sino también
la dignidad del pueblo. Los poderosos escon-
diendo comida, los débiles muriendo de
hambre, y nosotros, mientras tanto, multi-
plicándonos. Este país está roto, Simón. Y
cada vez que parece que no puede empeorar, lo hace. —

Simón se detuvo un momento, mirando hacia la distancia. —Los humanos no son muy
diferentes a nosotros, al final del día. Cuando
las cosas se desmoronan, los más pequeños,
los más silenciosos, siempre encuentran la
manera de prosperar en el caos —. Luego,
tras una pausa, añadió:

—Pero esto no es prosperidad. Ni para ellos ni para nosotros. Es supervivencia en su forma más básica. Y la isla... esta isla merece algo mejor. No así la población humana, que ha ido en decadencia demográfica empinada. Mientras nosotros nos multiplicamos, ellos desaparecen. —

Rodolfo lo miró fijamente, admirando la lucidez de su compañero. —Tienes razón, Simón. Pero ¿qué podemos hacer nosotros? Somos solo pequeños roedores en un mundo mucho más grande, uno que apenas nos nota. —

Simón esbozó una sonrisa melancólica. —Eso es lo que ellos piensan. Pero hemos estado aquí mucho antes que ellos. Y, de una manera u otra, seguiremos estando aquí cuando ellos se vayan. —

Y con esas palabras, los dos continuaron su marcha hacia el sector al que ambos estaban destinados, conscientes de que, aunque fueran pequeños, eran parte de una historia mucho más grande, una historia de supervivencia y lucha en una isla que ya no reconocía su propio reflejo.

El cuento no finaliza allí. Mientras caminaban, Rodolfo siguió llenando la cabeza de Simón con más historias. Era casi como si, a través de las palabras de su compañero, Simón pudiera ver la isla transformarse bajo sus patas, llena de cicatrices no solo físicas, sino también políticas.

—No fue solo el desastre de María lo que los golpeó —continuó Rodolfo—. El gobernante de entonces, un tipo corrupto y arrogante, tenía un chat secreto con sus compinches. Se sentían intocables. Pero todo se vino abajo cuando ese chat se filtró al público. Imagínate, más de 800 páginas de insultos, burla hacia el sufrimiento de su propia gente, y escándalos de corrupción. Fue un detonante. —Rodolfo hizo una pausa, mirando a Simón con intensidad—. Y eso, amigo mío, fue lo que hizo que millones de humanos se tiraran a las calles.

—¿Y qué pasó con nosotros? —preguntó Simón, interesado en cómo los roedores habían percibido esos movimientos masivos de humanos.

—Nosotros estábamos asustados. Imagina ver a esa cantidad de humanos en las calles, gritando, marchando. Al principio, pensamos que iban por nosotros, a exterminarnos. Pero no, iban a derrocar a otra rata, en este caso, el gobernante. Y lo lograron. —

—¿De verdad? —Simón frunció el ceño—. No puedo imaginar a los humanos logrando un cambio tan drástico. Siempre parecen… conformistas. —

Rodolfo soltó una risa amarga. —Te sorprenderías. En el verano de 2019, esos humanos lograron algo que nadie esperaba. Forzaron al gobernante a renunciar. No le quedó más remedio que dimitir y huir al continente, ese mismo continente que tú abandonaste hace poco. Fueron semanas de protestas sin parar, y al final, lo expulsaron como bolsa de basura. —

Simón asintió, impresionado. —Eso debe haberle dado al pueblo una sensación de poder. Por un momento, al menos. —

—Sí, por un momento. Pero, como siempre, el poder busca la manera de retenerse. En menos de una semana, uno de los candidatos que había corrido en primarias con el gobernante derrocado se autoproclamó como

el nuevo líder. Ya sabes, uno de esos políticos que siempre buscan sacar ventaja del
caos. Pero— Rodolfo hizo una pausa dramática— la constitución lo detuvo de inmediato.

—¿La constitución? —Simón alzó una ceja,
curioso—. ¿Eso no es solo papel para ellos?
—

—En este caso, funcionó —respondió Rodolfo—. Según las leyes, le tocaba el turno al
secretario del Departamento de Estado.
Pero aquí viene la ironía: él también estaba
involucrado en el chat escandaloso, así que
ya había renunciado. ¡Otro corrupto fuera!
Eso dejaba a la siguiente en la línea de suce-
sión... la secretaria de Justicia. Así que, sin
que el pueblo lo eligiera, otra mujer llegó a
la Fortaleza, esa mansión imponente que go-
bierna sobre nosotros, los roedores. Fue
todo un desastre político. —

Simón se quedó pensativo por un momento.
—Parece que los humanos no pueden escapar de sus propios enredos. Un ciclo interminable de poder, corrupción y caos. —

—Exactamente. Y mientras tanto, nosotros seguíamos sobreviviendo en las sombras, creciendo en número, prosperando en medio de su colapso. Es lo que hacemos. —

—¿Y cómo te sientes al respecto, Rodolfo? —preguntó Simón, mirando a su compañero con interés.

Rodolfo suspiró. —Es un sentimiento agridulce. Por un lado, me da pena ver cómo los humanos, con todo su poder y recursos, se autodestruyen. Por otro lado... —sonrió—, eso nos da espacio para seguir adelante, para hacer nuestras propias vidas entre los escombros de lo que ellos dejan atrás. No es una victoria, pero es lo más cercano que tenemos. —

Simón asintió. —Es curioso, ¿verdad? Cómo ellos siguen repitiendo los mismos errores, y nosotros simplemente... nos adaptamos. —

Rodolfo lo miró de reojo. —Eso es lo que nos diferencia de ellos, Simón. Nosotros no nos aferramos al poder. Solo sobrevivimos. Y tal vez, al final del día, eso es lo que nos mantendrá aquí cuando ellos ya no estén. —

Ambos continuaron su camino, conscientes de que, aunque pequeños y siempre a la sombra del mundo humano, eran parte de una historia más grande, una historia de resistencia y adaptación en una isla que siempre parece estar al borde del abismo.

—Pero hay cosas que ni siquiera nosotros podemos tocar —añadió Rodolfo después de un rato—. Entre los nuestros, hablar de cómo cambiar realmente las cosas es como un tabú. Preferimos sobrevivir antes que desafiar lo establecido, y quizás eso también sea nuestra mayor debilidad.

Rodolfo, con su incansable pasión por la historia, seguía hablando sin parar, como si cada palabra que pronunciaba fuera una moneda que agregaba a su tesoro de conocimientos. Simón lo escuchaba en silencio, pero no dejaba de notar el aire de fanfarronería en su tono. Era evidente que Rodolfo disfrutaba mostrando lo que sabía.

—Esa secretaria de justicia —continuó Rodolfo— siguió en el poder durante dieciocho meses. Y, como si no hubiera suficiente caos, justo en sus últimos meses, el mundo fue golpeado por una plaga inesperada. —

Rodolfo hizo una pausa dramática antes de añadir—. Un virus desatado en una humilde ciudad llamada Wuhan, en diciembre de 2019, mientras el mundo todavía estaba digiriendo la salida del último gobernante de esta isla.

Simón, curioso, inclinó la cabeza. —¿Cómo fue que llegó aquí ese virus? —preguntó, aunque ya conocía parte de la historia.

—Dicen que los chinos comían sopa de murciélago y que, de alguna manera, eso desató una epidemia mundial. En cuestión de meses, ese virus viajó por todo el planeta. No tardó mucho en llegar aquí. Para entonces, la gobernante que había sido impuesta por la constitución, sin haber sido elegida, logró algo inesperado: aglutinar al pueblo, manteniéndolo encerrado lo suficiente como para controlar la propagación. Pero no fue fácil, Simón. El virus se expandía rápido, y los humanos, como nosotros, tenían miedo. —

Simón asintió lentamente, recordando el caos que también había afectado a los roedores. —Eso mismo ocurrió en el continente. Cuando yo estaba allá, antes de regresar a la isla, supe de lo que pasó con el presidente que gobernaba allá durante la pandemia—, comentó con un tono más serio. —Al principio, subestimó el virus, lo llamó una simple gripe. Desperdició semanas valiosas. Fue un desastre... la crisis se extendió como fuego. —

Rodolfo levantó las cejas, intrigado. —¿En serio? —

—Así es. Yo lo escuché de boca de otros roedores mientras aún estaba allá. En lugar de escuchar a los científicos, ese presidente negaba la gravedad del asunto. Se negaba a usar mascarillas, y sus decisiones tardías costaron miles de vidas. Mientras tanto, los hospitales colapsaban y el número de infectados crecía sin control. —

—Eso suena terrible —dijo Rodolfo, incrédulo.

Simón asintió con amargura. —Lo fue. Lo vi en primera fila, y escuché a muchos de los nuestros contar cómo los hospitales estaban desbordados y la gente moría sin acceso a las pruebas necesarias. La situación no mejoró hasta mucho después, y para entonces, ya era demasiado tarde para muchos. —

Rodolfo sacudió la cabeza en señal de incredulidad. —Qué parecido con lo que pasó
aquí. Los humanos parecen incapaces de
aprender. —

—Exactamente. En ambos lados del océano,
el poder parecía más interesado en salvar su
imagen que en salvar vidas. —Simón hizo
una pausa y luego añadió—. Las decisiones
tardías y negligentes costaron vidas, Rodolfo. En el continente, las mismas mentiras
y falsas promesas empeoraron las cosas.
Mientras tanto, los más vulnerables seguían
siendo sacrificados, igual que nosotros en los
experimentos para la vacuna. —

Rodolfo bajó la voz, como si lo que iba a decir
fuera un secreto oscuro.

—La vacuna que eventualmente desarrolla-
ron, primero la probaron en nosotros. En ratones. Muchos de nosotros murieron en
esos experimentos, infectados por la enfermedad antes de que la vacuna fuera segura.
Nos sacrificaron, Simón. Ya sabes cómo son:
siempre sacrifican a los que pesan menos
para salvar a los que pesan más. —

Simón se estremeció al pensar en eso, pero Rodolfo siguió adelante. —Y no solo aquí, en la isla. —

—Es un ciclo interminable para ellos, ¿no? Corrupción tras corrupción. Negligencia tras negligencia —dijo Simón.

—Exactamente —dijo Rodolfo—. Y los que siempre salen perdiendo son los más vulnerables. Igual que nosotros durante los experimentos. La diferencia es que nosotros aprendemos rápido a sobrevivir en las sombras, mientras ellos siguen repitiendo los mismos errores a plena luz del día. —

—¿Y qué pasó después? —insistió Simón, intrigado por cómo los humanos gestionaron la crisis después de ese escándalo.

—No hubo consecuencias reales, al menos no para los responsables. Ya sabes cómo es esto. El escándalo salió a la luz, se hicieron investigaciones, pero nadie importante pagó el precio. Las pruebas defectuosas siguieron, el sistema de salud se colapsó en algunos puntos, pero al final, solo las vidas perdidas quedaron como recordatorio. —

Simón se quedó en silencio, absorbiendo toda la información. —Es como si siempre estuvieran caminando sobre un precipicio... pero nunca aprenden a mirar hacia abajo antes de dar el siguiente paso. —

Rodolfo asintió lentamente. —Y, al final, somos nosotros quienes vivimos entre las grietas que ellos mismos crean. En cada fallo del sistema, hay un espacio para nosotros. Un espacio que aprovechamos para seguir adelante. —

Ambos siguieron caminando, conscientes de que, mientras los humanos luchaban con su propia fragilidad, los roedores, aunque pequeños y sacrificables a ojos de los poderosos, encontraban formas de adaptarse y prosperar, siempre atentos a las oportunidades que el caos les brindaba.

Se habían quedado a mitad del camino hacia su sector. El sol comenzaba a asomarse tímidamente en el horizonte, y ambos sabían que necesitaban encontrar refugio pronto. El día estaba por romper, y la luz no era su aliada. Necesitaban cobijarse y alimentarse de lo que pudieran encontrar antes de que la ciudad despertara por completo. A esa hora fatídica de las cuatro de la mañana, el mundo parecía estar en su peor estado: la podredumbre era más palpable, las calles estaban llenas de comida descompuesta, y los humanos, frágiles y agotados, caían víctimas de sus propios crímenes y errores, a veces autodestruyéndose en el caos que ellos mismos habían creado.

Simón y Rodolfo se movían con rapidez entre los adoquines de la calle Fortaleza, esquivando las sombras más grandes. Encontraron una pequeña abertura en una estructura derrumbada, lo suficientemente amplia como para colarse y esconderse del mundo exterior.

—Este lugar servirá por ahora —murmuró Simón, masticando una migaja de pan que habían encontrado. Sus ojos seguían escudriñando el entorno en busca de más alimento.

Rodolfo asintió, y mientras se acomodaban en su refugio temporal, no pudo evitar continuar con la conversación. —¿Sabes? Siempre me ha fascinado esta hora. Es cuando los humanos son más vulnerables. Es como si sus propias sombras los persiguieran. En la quietud de la madrugada, los crímenes que ellos mismos cometen parecen regresar para atormentarlos—, comentó mientras masticaba.

Simón miró a su compañero con curiosidad. —Tienes razón. Es la hora en la que el mundo parece más podrido, y no solo por la comida descompuesta. Es como si toda la suciedad de la sociedad saliera a la superficie justo antes de que el sol lo cubra todo de nuevo. ¿No te parece curioso cómo ellos siguen enredados en su propia miseria, mientras nosotros... simplemente sobrevivimos? —

Rodolfo rió ligeramente. —No somos tan diferentes de ellos, Simón. Solo que nosotros no tenemos el lujo de las mentiras ni del autoengaño. Para ellos, todo es un juego de apariencias, de poder. Para nosotros, la supervivencia es lo único que cuenta. Al final del día, ellos se autodestruyen, como siempre lo han hecho. —

Simón asintió en silencio, reflexionando sobre las palabras de Rodolfo. En sus cortas vidas, los roedores como ellos veían el ciclo interminable de destrucción en el que estaban atrapados los humanos. Y aún así, siempre quedaba mucho que aprender y contar.

—Todavía tenemos mucho que contarnos, Rodolfo —dijo Simón después de un largo silencio—. La historia local, nuestra historia, siempre ha sido ignorada. Pero entre nosotros, aunque sea en este rincón oscuro y olvidado, podemos compartir lo que hemos visto en nuestro corto paso por la vida. —

Rodolfo lo miró con una sonrisa enigmática. —Eso es cierto, amigo. No tenemos mucho tiempo, pero cada día que seguimos aquí, seguimos escribiendo nuestra propia historia, aunque ellos nunca la escuchen. —

Simón se acomodó en el rincón más oscuro del refugio, con los ojos entrecerrados. Sabía que aún quedaba mucho por recorrer y más historias por compartir, pero por ahora, el cansancio se apoderaba de su cuerpo. Afuera, el sol ya comenzaba a iluminar las calles, y la ciudad, con su podredumbre y sus secretos, volvía a despertar.

IV

La noche siguiente, después de haber pernoctado en una cueva bajo los adoquines, Simón y Rodolfo retomaron su viaje hacia el sector que se habían propuesto alcanzar. El aire nocturno era denso, cargado de humedad y el eco lejano de la ciudad que apenas despertaba a la vida. Como suele suceder en la vida, el camino trae consigo encuentros inesperados, y esa noche no fue la excepción.

Simón y Rodolfo caminaban con cuidado por las calles adoquinadas y mal iluminadas del Viejo San Juan. Las sombras se alargaban, proyectadas por la escasa luz de las farolas, y los murmullos de la noche se mezclaban con el ruido lejano del puerto. Sus patas se deslizaban con precaución, evitando los lugares donde los humanos podían verlos.

—Tienes que entender algo, Simón —dijo Rodolfo de repente, su voz era apenas un murmullo entre las sombras—. Los gobiernos siempre han tenido su lado oscuro. Es como la Cosa Nostra en sus inicios. Todo comenzó con la violencia. Eran los guardianes, los que metían miedo. Y los gobiernos necesitaban ese miedo para controlar. Los 'capos' de la mafia y los funcionarios públicos se entendían... porque a veces un buen susto era más efectivo que cualquier ley. —

Simón asintió mientras miraba alrededor, observando cómo las sombras de los edificios se cernían sobre ellos, como si también estuvieran escuchando.

—Sí, lo he escuchado. Pagar el pizzo no era opcional, era una forma de vida. Una "contribución" a cambio de protección, ¿no es así? Pero eso no se quedó solo en intimidación. —

Rodolfo sonrió de medio lado, mientras ambos esquivaban una rejilla oxidada y continuaban su marcha hacia un lugar seguro.

—Exactamente, amigo. La violencia fue solo la primera etapa. Después llegó la construcción. Ahí es donde la mafia se volvió más "respetable." No solo ofrecían protección, sino que se involucraban en negocios, obras públicas, proyectos que financiaba el gobierno. Era una alianza perfecta. Los gobiernos necesitaban quiénes movieran los engranajes sin preguntas, y los capos necesitaban la influencia para expandir sus dominios. —

Simón se detuvo un momento, mirando hacia la distancia, donde una farola parpadeaba.

—Como un acuerdo no escrito —respondió—, en el que ambos se beneficiaban. La mafia obtenía contratos y el gobierno mantenía el orden en sus términos. —

Rodolfo asintió, mirando fijamente a Simón antes de continuar su camino.

—Y luego... vino la droga. —Bajó la voz aún más, como si temiera que las paredes los escucharan—. Ahí es donde todo cambió. Los gobiernos miraban hacia otro lado mientras la Cosa Nostra hacía sus movimientos. La droga fue su nuevo recurso, más rentable que cualquier otra cosa. Y, por supuesto, a cambio de protección e influencia, los políticos se aseguraban de que los capos siguieran siendo los "capo di capi," los amos del juego. Era un juego peligroso, Simón, pero mientras el dinero fluyera, nadie decía nada. —

Simón resopló suavemente, con una mezcla de comprensión y amargura.

—Todo por el poder y el control, Rodolfo. Es una cadena interminable, en la que las promesas de seguridad se entrelazan con la corrupción y el miedo. Pero es ese poder el que los hace mantener el control, ¿no? —

Rodolfo se encogió de hombros y sonrió con tristeza.

—Exacto. Tanto los capos como los políticos se alimentan del mismo miedo que siembran. Y mientras exista quien pague el pizzo, y haya favores que otorgar, este ciclo seguirá girando... —

Simón y Rodolfo siguieron caminando en silencio, sus sombras proyectándose y mezclándose con la oscuridad de la ciudad que, ajena a ellos, continuaba desmoronándose lentamente.

A mitad de su trayecto, se cruzaron con un curioso roedor que caminaba con una altivez inusual. Su aspecto era pulcro, casi brillante bajo la luz tenue de la luna, y llevaba consigo un aire de sabiduría impostada. Se hacía

llamar a sí mismo Licenciado Baltasar G. Ratasuela, un nombre que resonaba con una
mezcla de autoridad y teatralidad. Baltasar,
como pronto descubrirían, no era un ratón
cualquiera. Se autodenominaba un experto
en derecho murino y poseía una vasta colec-
ción de conocimientos sobre la burocracia
que regía la vida subterránea de los roedores.

—¿Qué hace un par de roedores como ustedes deambulando por estos lares a estas horas? —preguntó Baltasar, con un tono que
denotaba más curiosidad que preocupación.

Simón, midiendo sus palabras, respondió
con calma. —Estamos en busca de respuestas. He regresado a esta isla para encontrar
a mis hermanos, pero la búsqueda no ha sido
fácil. Nos topamos con más sombras que luces en el camino. —

Baltasar sonrió, como si ya hubiera escuchado este tipo de historias antes. —Ah, la
búsqueda de la familia perdida... Un relato
tan antiguo como el tiempo mismo. Pero
dime, ¿cómo piensas encontrarlos sin la
ayuda de la ley? Porque, aunque no te lo

creas, hasta nosotros, los roedores, necesitamos leyes para sobrevivir en este caos.

Rodolfo, siempre el historiador, intervino con cierta cautela. —¿Y tú qué sabes de leyes, Baltasar?

El imponente roedor se ajustó sus pequeños lentes, como si esa fuera su señal de autoridad. —Mucho, joven. He estudiado derecho murino, tengo una maestría y un doctorado en jurisprudencia para roedores. Mi conocimiento del sistema es impecable—, dijo con una sonrisa de autosuficiencia. —Sin embargo—, añadió, bajando el tono—, no pasé la reválida. Algo muy similar a la candidata que pretende gobernar esta isla por el partido que ha hundido a nuestra tierra en un abismo sociopolítico y cultural. Ella tampoco está cualificada, pero eso nunca ha detenido a los poderosos, ¿no? —

Algunos la llamaban iconoclasta, pero no por derribar las viejas estructuras en busca de algo mejor, sino por destruir todo sin construir nada a cambio. Era una destructora de símbolos, pero no una creadora de futuro.

Simón no pudo evitar notar la ironía en las palabras de Baltasar. El roedor que no había pasado la reválida se veía como un reflejo de aquellos en el poder: jactanciosos, vacíos de sustancia, pero con un hambre insaciable de influencia.

—Es curioso que mencionas eso —dijo Simón—. Me recuerda a los humanos que reviven los registros de los muertos cada cuatro años, reactivando sus nombres para que voten por ellos, como si las sombras pudieran inclinar la balanza del poder. —El tono de Simón era crítico, pero contenía un dejo de tristeza.

Baltasar soltó una pequeña risa, más burlona que divertida. —Ah, el registro de los muertos… Los humanos creen que pueden engañar al destino, pero nosotros los roedores sabemos que ni siquiera la muerte puede detener la corrupción. —Baltasar se inclinó hacia adelante, bajando la voz—. Pero lo que necesitas no es un registro de los muertos, sino uno de los vivos, algo más valioso. Y resulta que yo puedo ayudarte con eso. —

Rodolfo levantó una ceja, intrigado. —¿Cómo es eso? —

—Yo manejo un acceso único al registro de ratones y ratas vivas —dijo Baltasar, inflando el pecho con orgullo—. No ese ridículo sistema que tienen los humanos para perpetuar el poder a costa de su propio futuro. Si buscas a tus hermanos, Simón, puedo ayudarte a encontrarlos. Con el tiempo adecuado y, por supuesto, por el precio justo. —Sus ojos brillaron con un interés voraz—. Pero no te preocupes, no soy un ratón bobo. Solo unas migajas de pan servirán como pago. Lo justo por mis servicios, ya sabes. —

Simón se tomó un momento antes de responder. —Mis hermanos son lo más importante para mí. Si tienes acceso a ese registro, y puedes ayudarme a encontrarlos, entonces te pagaré lo que pides. —

Baltasar hizo un gesto grandilocuente, como si hubiera sido coronado rey en ese mismo instante. —¡Ah! Sabia decisión, amigo mío. Verás, los caminos de la burocracia murina son tortuosos, pero con mi ayuda, llegarás a donde necesitas ir. Acompáñenme, y juntos encontraremos lo que buscas. —

Simón y Rodolfo intercambiaron miradas. Sabían que el destino les había puesto a

Baltasar en su camino por una razón, pero también sentían una leve inquietud. Después de todo, en este mundo, las promesas nunca eran tan simples como parecían, y la verdad siempre tenía un costo, incluso entre los suyos.

Y así, con la luna alumbrando tenuemente su camino, los tres roedores se adentraron en la oscuridad, con la esperanza de que el registro de los vivos trajera más respuestas que preguntas.

Simón, Rodolfo y Baltasar se encontraban en una esquina oculta del puerto, apenas un rincón perdido entre la maquinaria oxidada y las sombras del muelle. El aire estaba cargado con el salitre del mar y el eco lejano de los barcos que anclaban y partían. Simón, exhausto, descansaba sobre sus patas traseras, sus ojos fijos en un punto más allá del horizonte.

—No sé qué esperabas encontrar aquí, Simón —dijo Baltasar, su tono mezclando curiosidad y desaprobación—. Con todo lo que dejamos atrás, regresar me parece casi un capricho inútil, como si el tiempo pudiera corregir lo que nos negamos a aceptar. —

Simón giró la cabeza lentamente hacia él, su mirada reflejando una fatiga que iba más allá del cuerpo. —Baltasar, no se trata de lo que espero encontrar. Se trata de lo que debo enfrentar. Es mi vida, mi historia. Todos estos años pensé que podía olvidarlo, dejarlo atrás como un capítulo cerrado. Pero cada día, ese peso se hizo más evidente —sus palabras se quebraron levemente—. He vivido de ilusiones, de promesas sin sustancia. En un mundo de mentiras, no hay peor mitómano que yo. —

Rodolfo soltó un suspiro, sus bigotes temblando al compás de la brisa marina. Se quedó en silencio un momento, como si sopesara la confesión de Simón. Finalmente, habló, con una sonrisa amarga cruzando su rostro. —No estás solo, Simón. Todos aquí hemos contado historias a nosotros mismos para sobrevivir. Nos convencemos de que estamos haciendo lo correcto, de que hay un propósito detrás de todo. Pero la verdad es que, cuando rascas un poco la superficie, solo encuentras un reflejo vacío, un eco de lo que queríamos ser. —

Baltasar se acomodó en el rincón que había encontrado, sus ojos recorriendo el entorno, como si buscara algo en las sombras. —Tal vez es la naturaleza del hombre... o del ratón —dijo con una ironía que se filtraba en su voz—. Seguimos corriendo en círculos, siempre persiguiendo sombras que nosotros mismos proyectamos, siempre convencidos de que esta vez será diferente. Pero ¿no es la misma historia, una y otra vez, simplemente con otros actores? —

Simón se dejó caer un poco más sobre su costado, su respiración pesada por el peso de su propio cansancio. —Tienes razón, Baltasar. Siempre la misma historia. Pero, aun así, no puedo evitarlo. Siento que, si no hago esto ahora, si no regreso y afronto aquello que dejé sin resolver, entonces nunca seré libre de este ciclo. Quizá no tenga la juventud ni la fuerza, pero tengo la determinación de llegar al final. Aunque solo sea para reconocer que mis ilusiones no eran más que eso: espejismos en medio del camino. —

Rodolfo asintió, con una tristeza reflejada en sus ojos pequeños y brillantes. —Y eso es lo que queda, amigo. Avanzar. Tal vez solo eso —murmuró—. Aunque al final no llevemos más que las mentiras que elegimos contar. —

—Todo lo que discuten al final es una quisi-cosa —añadió Simón, agitando sus bigotes con desdén—. Se envuelven en sus propios discursos grandilocuentes, pero ninguno de ellos cambia nada. Solo son palabras que el viento se lleva. —

La noche los envolvía, y el murmullo de los barcos se convertía en el telón de fondo de sus pensamientos. Los tres sabían que cada uno llevaba consigo las marcas del tiempo, del autoengaño, y de los sueños rotos que una vez los habían motivado. Pero también sabían que la única forma de seguir adelante era reconociendo sus propias contradiccio-nes. Avanzar, aunque fuera en medio de un mundo de mentiras.

El licenciado Baltasar G. Ratasuela resultó ser un auténtico parlanchín. Apenas se ca-llaba, y sus palabras fluían como un río des-bordado. Simón y Rodolfo apenas podían in-terrumpirlo, ya que parecía que Baltasar dis-frutaba tanto de su propia voz que se olvi-daba de los demás. Al parecer, en su propio nido, su crisanta compañera debía mantener siempre el ritmo de la conversación, y ahora que estaba fuera de su guarida, aprovechaba para hablar hasta el hartazgo.

—Ah, queridos amigos —comenzó Baltasar, ajustando con aires de grandilocuencia sus diminutos lentes redondos, que le daban un aspecto casi cómico de respetabilidad—, si hay algo que me fascina es cómo el derecho murino es infinitamente superior al caos que manejan los humanos en sus tribunales. Ellos, con su arrogancia, creen que tienen un sistema de justicia perfecto, pero, oh, nada más lejos de la realidad.

Simón intercambió una mirada con Rodolfo, ambos conscientes de que Baltasar disfrutaba no solo de compartir conocimientos, sino de exhibir su supuesta sabiduría. Rodolfo no pudo evitar sonreír para sí mismo, pensando en lo pomposo que se veía el licenciado mientras hablaba.

—¿Sabes qué es lo peor? —dijo Baltasar, como si estuviera a punto de revelar un gran secreto—. ¡Los humanos ni siquiera entienden las leyes que ellos mismos han creado! ¿Y qué pasa cuando eso ocurre? Pues que surgen los escándalos, y no me hagan empezar con los últimos desastres legales que han enfrentado.

—¿De qué estás hablando exactamente? —preguntó Simón, intentando llevar la conversación a algo más concreto.

—Ah, me alegra que lo preguntes, querido Simón. —Baltasar sonrió y continuó—. A finales de ese año electoral, 2020, comenzaron a surgir rumores sobre la gobernadora de turno. Ya sabes, la que llegó al poder no porque el pueblo la eligiera, sino porque la constitución la puso allí tras la salida vergonzosa del anterior. Pues resulta que nuestra querida líder enfrentó un problema legal mucho más grave de lo que cualquier otro imaginaba.

Rodolfo alzó una ceja, interesado. —¿Un problema legal? ¿De qué tipo?

Baltasar se inclinó hacia ellos, como si estuviera a punto de compartir un secreto de estado. —Es que no es cualquier problema. Se rumorea que estuvo involucrada en un esquema de soborno a nivel federal. ¿Te imaginas? La máxima figura del poder en la isla, implicada en un esquema de corrupción tan sucio que, si se demuestra, podría enfrentar hasta veinte años de prisión. ¡Veinte años!

—exclamó, haciendo un gesto dramático con las patas. A lo que casi gritó:

—Nosotros apenas duramos tres años! —

Simón frunció el ceño, procesando la información. —¿Y de qué se trata ese esquema?

—Ah, el detalle está en los contratos —respondió Baltasar, mientras sus ojos brillaban con emoción—. Se dice que hubo arreglos ilegales para beneficiar a ciertas empresas a cambio de contribuciones a su campaña. Básicamente, vendió su influencia a cambio de favores. No es algo que sorprenda, ¿verdad? Después de todo, los humanos han hecho esto desde el principio de los tiempos. Pero la diferencia aquí es que ella lo hizo mientras estaba en el cargo, justo cuando el pueblo estaba más vulnerable, después de los desastres atmosféricos y la pandemia.

Rodolfo negó con la cabeza. —Siempre es lo mismo, ¿verdad? Los poderosos vendiéndose al mejor postor, y los más débiles pagando el precio. —

Baltasar asintió vigorosamente. —Exactamente. Y lo peor de todo es que ni siquiera lo hizo con sutileza. Todo salió a la luz cuando los federales comenzaron a investigar. Al parecer, las pruebas de la implicación en el esquema de sobornos eran bastante sólidas, y aunque ella lo ha negado todo públicamente, todos sabemos cómo funcionan estas cosas. Si la acusan formalmente y la encuentran culpable, no tendrá escapatoria. Estará entre rejas por mucho tiempo. —

—¿Y cuál fue la reacción del pueblo? —preguntó Simón, interesado en el impacto social de este escándalo.

—El pueblo, como siempre, está dividido —respondió Baltasar, encogiéndose de hombros—. Algunos están indignados, especialmente después de tantos años de corrupción. Ya no es solo un problema político, es un problema moral. ¿Cómo confiar en alguien que, en lugar de arreglar el caos, lo empeora? Pero también hay quienes la defienden. La ven como una víctima de un sistema que ya estaba corrupto antes de que ella llegara. El partido en el poder no ha hecho más que arrastrar a la isla al abismo, y ella es solo un eslabón más en esa cadena de incompetencia.

—Es curioso —dijo Simón—. Parece que el poder siempre encuentra la manera de corromper, sin importar quién lo tenga. Los humanos nunca aprenden.

Baltasar rió con amargura. —No, querido Simón, no aprenden. Se repiten una y otra vez, como un reloj averiado. Mientras tanto, nosotros seguimos aquí, sobreviviendo entre sus fallas, como siempre lo hemos hecho.

Rodolfo, siempre más pragmático, intervino. —¿Y qué pasa si es encontrada culpable? ¿Cambiará algo en la isla?

Baltasar hizo una pausa, bajando la mirada, como si la respuesta fuera demasiado obvia. —¿Cambiar algo? Nada cambia en esta isla, Rodolfo. Los mismos problemas volverán a surgir, con diferentes caras en el poder. La única diferencia será que habrá otro escándalo que agregar a la lista interminable. El abismo no tiene fondo, y mientras ellos sigan vendiéndose al mejor postor, la isla seguirá cayendo.

Simón suspiró. —Es un ciclo del que parece imposible escapar.

Baltasar lo miró con una sonrisa cansada. — Lo es, querido Simón, lo es. Pero nosotros, al menos, sabemos cómo movernos en las sombras. Y, por eso, siempre estaremos aquí, aunque ellos no lo estén.

Baltasar continuaba con su discurso, siempre dramático, siempre grandilocuente, mientras sus diminutos lentes resbalaban ligeramente por su hocico y sus pequeñas patas gesticulaban enérgicamente.

—Y así, mis queridos amigos, la inmortalidad del ratón es un hecho. La humanidad, con su decadencia, su corrupción y su ceguera, seguirá destruyéndose poco a poco. Y cuando ellos ya no estén, cuando su reinado de caos finalmente llegue a su fin, ¿quién quedará? —

Baltasar levantó una pata al aire, como si estuviera proclamando una verdad eterna—. Los ratones y las cucarachas, por supuesto. Nosotros seremos los reyes de la tierra, moviéndonos entre los escombros de lo que ellos dejaron atrás. —

Simón sonrió con ironía. —Así que crees que estamos destinados a sobrevivirlos a todos.

¿No te parece un poco arrogante pensar eso? —

—Arrogante, tal vez —respondió Baltasar, ajustándose los lentes—, pero también realista. Ellos, con su capacidad para autodestruirse, ya están en ese camino. ¿No lo ves? A pesar de haber expulsado al exgobernador en medio de la indignación pública, el pueblo, en su infinita misericordia, volvió a las urnas en 2020 y eligió al mismo candidato que se había autoimpuesto como gobernador. ¿Puedes creerlo? —Baltasar rió amargamente—. No aprendieron nada.

Rodolfo frunció el ceño. —¿Hablas de ese candidato que había llegado segundo en las primarias, el mismo que apareció después de que el anterior fuera exiliado por el pueblo?

—¡Exacto! —gritó Baltasar, visiblemente emocionado por la precisión de Rodolfo—. Un hombre con cara de bobo, de mirada perdida, que habla pausado como si quisiera que cada palabra pareciera importante. Pero ¿sabes cuál es el verdadero truco? No es su tono ni su cara de bobo. Es que antes de ser gobernador, había sido abogado de la Junta

Fiscal. Esa misma junta que los americanos del norte enviaron para "arreglar" las finanzas y el déficit de la isla.

Simón lo interrumpió. —La Junta de Control Fiscal... Esa misma que impuso recortes y austeridad sin reparar en las consecuencias para el pueblo.

Baltasar asintió gravemente. —Esa misma. El gobernador, antes de ser elegido, trabajaba para ellos, para los intereses de quienes realmente manejan los hilos de esta isla. Los humanos de aquí creen que están en control, pero la verdad es que son solo marionetas, manejadas por los intereses del norte. Los dos partidos que han compartido el poder durante tanto tiempo son los que hundieron esta isla, creando una deuda inmanejable. Y cuando no pudieron sostenerlo más, trajeron la junta, para "arreglarlo todo". Pero ¿arreglar qué?

—¿Arreglar la pobreza? —preguntó Rodolfo, casi riendo.

—No, amigo mío —respondió Baltasar con un suspiro—. Arreglar las finanzas de los poderosos. El pueblo, mientras tanto, sufre los recortes, los aumentos en el costo de vida, la pérdida de servicios esenciales. Es como si estuviéramos viviendo en dos islas distintas: una para los que se benefician del poder, y otra para los que solo intentan sobrevivir. El gobernador es solo un peón en este juego. Su trabajo es mantener la ilusión de que están haciendo algo por el pueblo, mientras realmente están protegiendo a los intereses extranjeros. —

Simón, pensativo, añadió: —Y el pueblo, cegado por el miedo y las promesas vacías, volvió a votar por él. Como si el ciclo de corrupción y negligencia nunca finalizara. —

Baltasar lo miró con una sonrisa amarga. —Es que nunca acaba, querido Simón. Los humanos, por naturaleza, son criaturas de hábitos. No importa cuántas veces los engañen, cuántas veces los traicionen, siempre vuelven a lo que conocen. Es más fácil quedarse con lo familiar que enfrentarse a lo desconocido. Y así es como los mantienen atados, prisioneros en su propio sistema. —

Rodolfo, quien había permanecido en silencio, asintió lentamente. —Es como si el poder corrompiera todo lo que toca. Incluso cuando parece que hay un cambio, todo vuelve a lo mismo. Los mismos intereses, las mismas caras, las mismas mentiras. Mientras tanto, la isla se hunde cada vez más en el abismo. —

Baltasar se levantó, acomodando sus pequeñas patas en el suelo polvoriento. —El abismo, mis amigos, no tiene fondo. Y mientras ellos siguen cayendo, nosotros, los que vivimos en las sombras, seguiremos aquí, observando y esperando. Porque la verdad es esta: cuando todo termine, cuando el último de ellos se haya autodestruido, nosotros seguiremos aquí. No somos los héroes de esta historia, pero al menos sabemos cómo sobrevivirla. —

Simón lo miró fijamente, reflexionando sobre las palabras de Baltasar. En su corta vida había visto demasiados ciclos repetirse, demasiados intentos fallidos de cambio, demasiados corazones corrompidos por el poder. Y, sin embargo, sabía que, como decía Baltasar, los roedores siempre encontraban una manera de continuar, de moverse entre las sombras mientras el mundo de los humanos seguía derrumbándose.

—Tal vez tengas razón, Baltasar —dijo finalmente Simón—. Tal vez nosotros seamos los
únicos que realmente entienden cómo sobrevivir en este caos. —

Baltasar sonrió satisfecho, como si su discurso hubiera sido una victoria personal. —
No lo dudes, Simón. Nosotros, los pequeños,
los olvidados, siempre encontramos la manera. Y cuando el último de ellos caiga, nosotros seguiremos aquí, alimentándonos de los
restos de su imperio caído. —

Y así, bajo el tenue resplandor de la luna, los
tres roedores continuaron su camino, conscientes de que, aunque pequeños y aparen-
temente insignificantes, eran los únicos que
comprendían la verdadera naturaleza del
poder y la supervivencia.

El día volvía a alzarse sobre la ciudad, y con
la luz, llegaba también la urgencia de encontrar refugio. Los humanos comenzaban a
husmear entre las calles, y Simón y Rodolfo
sabían que debían mantenerse alejados de
las trampas mortales que los esperaban. Las
trampas de madera, con su resorte y su gan-
cho mortal, eran tan antiguas como crueles.
Peor son las pegatinas que mantienen

adherida la piel a la pega hasta que terminas muriendo en el esfuerzo por zafarse. Parecía un macabro juego de papel, piedra y tijeras, pero para ellos, el resultado siempre era el mismo: la derrota fatal.

Decidieron girar hacia una de las callejuelas de la calle Fortaleza, un lugar que conocían bien, pues allí se encontraba el consultorio de Baltasar G. Ratasuela, donde esperaban encontrar respuestas. El licenciado, aunque charlatán, había prometido indagar en el misterioso libro de los ratones vivos para ayudar a Simón en su búsqueda de sus hermanos.

Estaban exactamente en la calle de San Justo, justo debajo del café Manolín, un lugar famoso en la zona. El bullicio matutino comenzaba a llenar el aire mientras los clientes formaban largas filas para desayunar. Desde su escondite bajo los adoquines, Simón, Rodolfo y Baltasar podían escuchar el incesante crujido de pies humanos y las conversaciones mundanas que llenaban el ambiente. Lo que para los humanos era un simple ritual matutino, para los pequeños roedores era un festín inesperado. Las migajas caían como lluvia dorada: trozos de pan, pedazos de queso, y otras suculentas delicias que, sin saberlo, los humanos dejaban atrás en su prisa.

Aquella noche tuvieron suerte: entre los restos caídos, encontraron un sequillo. El pequeño bollo azucarado, suave por fuera y dulce por dentro, era un verdadero manjar. Se lo repartieron como si fuera una joya entre las migajas del día.

—Este lugar siempre ha sido una bendición para los nuestros —dijo Baltasar, con una sonrisa de satisfacción mientras observaba cómo las migajas caían al suelo como una generosa ofrenda—. Los humanos vienen aquí en busca de su café y tostadas, pero nosotros... nosotros venimos por los restos. Y en este antro, amigo mío, los restos son abundantes. —

Simón, quien había estado en silencio durante unos momentos, observando el flujo de personas desde las sombras, asintió. — Siempre me ha parecido curioso cómo los humanos ni siquiera se dan cuenta de la cantidad de comida que desperdician. Es como si todo lo que cae al suelo simplemente dejara de existir para ellos. —

Rodolfo, con una mirada pensativa, intervino. —Es el reflejo de su propia vida. Están tan ocupados persiguiendo algo, siempre algo más, que no valoran lo que tienen justo delante. Comen rápido, caminan rápido, viven rápido... y mientras tanto, las migajas de su existencia caen al suelo, sin que se den cuenta. Es ahí donde entramos nosotros. —

Baltasar sonrió, satisfecho con la comparación. —Exactamente. Ellos viven en su mundo de prisa, de consumo. Se levantan temprano, hacen largas filas para obtener su desayuno, y luego se van, sin mirar atrás. Mientras tanto, nosotros aprovechamos lo que dejan. Es un ciclo que ha funcionado desde siempre. —

—¿Y no es irónico? —dijo Simón, inclinándose ligeramente hacia Baltasar—. Que, mientras ellos persiguen su éxito y su poder, nosotros sobrevivimos con las sobras. Y, sin embargo, somos los que realmente conocemos la esencia de la supervivencia.

Rodolfo asintió, recogiendo una pequeña migaja que había caído desde la mesa del café Manolín. —Los humanos siempre parecen tener hambre de algo más. Más poder, más dinero, más éxito. Pero nunca están satisfechos. Mientras tanto, nosotros, que tomamos lo que se nos ofrece, vivimos sin esa constante insatisfacción. Quizás ese sea el secreto de nuestra inmortalidad, como decías antes, Baltasar. —

Baltasar, ajustándose sus lentes diminutos, observó cómo las migajas seguían cayendo. —Ah, la inmortalidad del ratón... sí, tal vez radique en nuestra capacidad de vivir con lo que hay, sin esperar más de lo que el mundo nos puede dar. No tenemos grandes ambiciones, pero tenemos lo que necesitamos para seguir adelante.

—Y es en esos momentos —continuó Simón, mientras recogía una miga más grande de lo habitual—, cuando veo el contraste. Los humanos, siempre hambrientos de más, de algo que nunca terminan de obtener, dejan tras de sí lo que podrían haber valorado. Nos ven como insignificantes, como plagas. Y sin embargo, somos nosotros los que aprovechamos lo que ellos no pueden ver. —

Rodolfo miró alrededor, las sombras de los edificios caían sobre las calles adoquinadas. El ruido del café continuaba, los humanos entraban y salían, sus conversaciones se mezclaban con el sonido de platos y tazas. — ¿Alguna vez te has preguntado si ellos saben lo que realmente están dejando atrás? No solo la comida... sino las oportunidades, la vida misma que pasa frente a ellos sin que la noten. —

Baltasar rió con suavidad. —No lo saben, Rodolfo. Y es precisamente por eso que seguimos aquí, en sus márgenes, recogiendo lo que ellos desperdician. Porque, aunque ellos piensen que son los reyes de este mundo, la verdad es que sin las sobras que dejan atrás, su mundo sería muy diferente. Nosotros... nosotros somos los verdaderos testigos de lo que pierden. Y esa es nuestra ventaja. —

Simón observó cómo las migajas se amontonaban en el suelo frente a ellos. En ese pequeño rincón del mundo, bajo los pies de los humanos, la vida de los roedores seguía su curso, discreta, silenciosa, pero constante. Mientras los humanos seguían su carrera sin fin, los ratones vivían en ese delicado equilibrio, aprovechando lo que el mundo les ofrecía.

—Tal vez la inmortalidad no sea solo sobre-vivir —dijo Simón en voz baja—, sino enten-der lo que realmente significa vivir, en los es-pacios que los demás pasan por alto. —

Y con esa reflexión, los tres roedores se su-mergieron en su banquete improvisado, mientras el café Manolín continuaba con su bullicio incesante, sin darse cuenta de que, bajo sus pies, otra vida seguía su curso.

Entraron en el pequeño despacho de Rata-suela, una habitación polvorienta con libros viejos y amarillentos que parecían haberse acumulado durante siglos. En un rincón, una pila de papeles desordenados cubría una mesa de madera desgastada, y en el aire flo-taba un tenue olor a humedad y a tinta vieja. Baltasar, siempre con sus lentes diminutos ajustados en su hocico, hojeaba un mamo-treto gigante que, de alguna manera, un ra-tón era capaz de manejar sin problema al-guno. Nadie sabía de dónde había sacado aquel volumen enorme, pero parecía conte-ner más secretos de los que un simple roe-dor podría imaginar.

—A ver, Simón... ¿cómo se llaman tus her-manos? —preguntó Baltasar mientras pasaba una de las páginas con gran esfuerzo, sus pequeñas patas temblando ligeramente bajo el peso del libro.

Simón, dubitativo, lo miró antes de responder. —Creo que Nina y Rufus Montiel... pero no estoy seguro —admitió.

—Hmm, interesante —dijo Baltasar, mientras seguía hojeando el libro—. Eso de no estar seguro puede complicar las cosas. ¿Estás seguro de que son hermanos de padre y madre? —preguntó, sin levantar la mirada.

Simón negó con la cabeza, suspirando. —No... no somos del mismo padre. Pero sí de la misma madre. —

Rodolfo, que había estado escuchando en silencio, levantó una ceja. —Eso no es tan raro entre nosotros, Simón. La vida de las madres es complicada... criar hijos de diferentes padres no es fácil, ni en nuestra especie ni en la de los humanos. —

Simón asintió lentamente, sus pensamientos vagando por recuerdos de su infancia. —Mi madre... lo dio todo por nosotros. Siempre estaba ahí, pero nunca fue fácil para ella. No es sencillo cuidar a crías que provienen de diferentes lugares, con diferentes sangres. Cada uno de nosotros tenía su propio camino, su propio carácter. Algunos, como yo, nos fuimos cuando todavía éramos jóvenes. Otros, como mis hermanos, se quedaron. Pero siempre supe que llevar esa carga... esa carga de criar sola, la consumía poco a poco. —

—Es el destino de muchas madres —interrumpió Baltasar, con un tono algo más suave del habitual—. Incluso entre los humanos, las madres que crían hijos de diferentes padres llevan sobre sus hombros una carga pesada. Son ellas las que sostienen la familia, las que encuentran las maneras de alimentar y proteger a sus hijos. Mientras tanto, los padres van y vienen, dejando su semilla, pero pocas veces su responsabilidad. Es una realidad tan vieja como el tiempo mismo.

Simón se quedó en silencio, reflexionando sobre las palabras del licenciado. Recordaba a su madre, siempre agotada, siempre preocupada por las pequeñas bocas que dependían de ella. Pero también recordaba su fuerza, su lucha diaria por mantenerlos a salvo, incluso cuando el mundo parecía empeñado en desmoronarse a su alrededor.

—Es una lucha constante —dijo Simón, en voz baja—. Los humanos no son diferentes a nosotros en ese aspecto. Sus madres también enfrentan dificultades enormes, criando hijos que a veces ni siquiera conocen a su propio padre. Es como si la vida estuviera destinada a ser más dura para ellas. —

—Lo es —afirmó Rodolfo—. Y mientras tanto, los humanos siguen viviendo en su mundo de apariencias. Los padres que se van, las madres que se quedan... ¿y qué hacen ellos? Siguen buscando el poder, como si eso pudiera resolverlo todo. No se dan cuenta de que las verdaderas luchadoras son las madres, las que sostienen todo mientras ellos juegan sus juegos políticos. —

Baltasar, que había vuelto a sus libros, resopló con una mezcla de risa y amargura. —El poder... es una ilusión, amigos míos. Lo que importa, lo que de verdad permanece, es la lucha diaria por sobrevivir. Y en esa lucha, las madres son las heroínas anónimas. En la isla, como en cualquier otro lugar, los poderosos pasan, pero las madres quedan, sosteniendo todo en pie. Incluso cuando todo parece desmoronarse.

Simón miró a Baltasar, sorprendido por el tono casi poético de sus palabras. —Nunca lo había pensado así. Mi madre siempre fue mi fortaleza, pero nunca entendí el peso que cargaba sobre sus hombros.

—Ninguno lo hacemos hasta que es demasiado tarde —murmuró Baltasar, mientras seguía hojeando las páginas del gigantesco libro—. Pero ya lo verás, Simón. Encontraremos a tus hermanos, y cuando lo hagamos, recordarás todo lo que tu madre hizo por ustedes. Porque esa es la verdadera inmortalidad, amigo mío. No el poder, no la riqueza. Es el amor de una madre lo que perdura, incluso cuando todo lo demás ha desaparecido.

Y con esas palabras, el silencio cayó sobre ellos mientras Baltasar seguía buscando en las páginas del libro de los vivos, con la esperanza de encontrar un rastro de Nina y Rufus Montiel.

Mientras Baltasar hojeaba lentamente el mamotreto gigante, sus pequeños ojos recorriendo los nombres con precisión, Simón seguía observando cómo las migajas caían a su alrededor. El bullicio en el café Manolín continuaba, pero dentro de su pequeño círculo de roedores, el aire parecía cargado de una calma tensa, casi reflexiva.

—¿Pero no dices que tú y tus hermanos son de diferentes padres? —preguntó Rodolfo, mirándolo con curiosidad mientras mordisqueaba una pequeña miga de pan.

Simón asintió, bajando la mirada por un momento, como si los recuerdos de su infancia pesaran sobre sus hombros. —Sí, somos de diferentes padres —admitió—. Pero mamá decidió ponernos a todos su apellido. Ninguno de nuestros padres quiso reconocer a sus crías, así que ella tomó esa decisión. Sabía que no podía esperar nada de ellos, pero nosotros éramos su responsabilidad, su vida entera. —

Baltasar levantó la vista del libro por un momento, ajustándose sus lentes diminutos, y asintió con comprensión. —Es una historia común, amigo mío. Muchas madres, tanto en nuestro mundo como en el de los humanos, tienen que llevar esa carga solas. Los padres... vienen y van, como fantasmas en la noche. Dejan su huella por un momento y luego desaparecen, sin mirar atrás. Y al final, es la madre quien se queda para criar a los hijos, quien da su apellido, quien construye la vida que otros abandonaron. —

Simón se quedó en silencio por unos momentos, sintiendo el peso de esas palabras. Recordaba a su madre, su mirada cansada pero determinada. Nunca se quejaba, aunque todos sabían que su vida había sido dura, demasiado dura. Cargar con hijos que no compartían la misma sangre paterna, pero que eran iguales ante los ojos de una madre, había sido su batalla diaria. Los padres desaparecían tan rápido como llegaban, pero su madre había permanecido, fuerte y firme, a pesar de todo.

—Mamá siempre nos decía que no importaba de dónde veníamos —continuó Simón, con la voz un poco más suave—, sino hacia dónde íbamos juntos. Ella nos puso su apellido para que tuviéramos una identidad común, para que no fuéramos simplemente hijos de padres ausentes. Nos dio un nombre, un hogar. Y por eso, todos llevamos su apellido con orgullo, aunque nuestros orígenes fueran diferentes.

Rodolfo asintió, saboreando la reflexión. —Es algo que veo todo el tiempo en los humanos también. Las madres luchan, se esfuerzan por mantener a sus hijos unidos, por darles un hogar, un sentido de pertenencia, mientras los padres... desaparecen, se desentienden, o simplemente no quieren cargar con la responsabilidad. Las madres se convierten en las verdaderas heroínas, aunque nadie lo reconozca. —

Baltasar, con sus aires de erudito, intervino, pero esta vez su tono era menos altivo y más reflexivo. —Es un ciclo que se repite una y otra vez, en todas las especies. Las madres dan todo de sí, mientras los padres, muchas veces, buscan su propio camino, lejos de las responsabilidades que dejaron atrás. En los humanos es igual. Vemos cómo las mujeres, a menudo, son las que sostienen a las familias, mientras los hombres desaparecen en busca de... quién sabe qué. Es un dolor sordo, que se siente en cada esquina de esta isla. —

Simón miró hacia el cielo gris, recordando a su madre con una mezcla de tristeza y gratitud. —Ella nunca pidió nada. Siempre decía que lo único que quería era que estuviéramos juntos, que no nos perdiéramos los unos a los otros. Pero al final, nos fuimos dispersando. Yo me fui al continente, mis hermanos se quedaron... Y ahora, aquí estoy, tratando de encontrarlos de nuevo, de recuperar lo que queda de nuestra familia. —

—Es lo que hacen las madres —dijo Rodolfo, pensativo—. Te sostienen, te protegen, pero tarde o temprano, debes seguir tu propio camino. Pero siempre queda la deuda, esa que llevas en el corazón, sabiendo que ellas lo dieron todo, y tú... tú sigues buscando tu propio destino. —

—Y los padres, en cambio... —Baltasar hizo una pausa—. Los padres son como sombras pasajeras. Vienen, dejan su rastro y se van. Pero las madres... ellas dejan una marca más profunda, una huella que no se borra con el tiempo. —

Simón cerró los ojos por un momento, dejando que las palabras se asentaran en su mente. Sentía la presencia de su madre en cada paso que daba, incluso después de tanto tiempo. Aunque él y sus hermanos no compartieran el mismo padre, compartían algo más fuerte: el amor incondicional de una madre que había decidido que, a pesar de todo, serían una familia.

—Nosotros los ratones —dijo Baltasar, con un toque poético—, a veces somos más sabios que los humanos. Sabemos que lo importante no es de dónde venimos, sino cómo cuidamos a los que tenemos cerca. Y esa sabiduría la aprendemos de nuestras madres, que lo sacrifican todo por nosotros. —

Simón asintió. —Tienes razón, Baltasar. Las madres son las verdaderas constructoras de nuestra historia. Y ahora, solo espero poder reencontrarme con mis hermanos y recordar, juntos, todo lo que ella hizo por nosotros. —

El aire en el pequeño consultorio de Baltasar estaba cargado de una silenciosa reflexión mientras las páginas del libro de los vivos seguían pasando. Y en ese momento, entre migajas caídas y recuerdos compartidos, la búsqueda de Simón por sus hermanos adquiría un nuevo significado: una búsqueda no solo de familia, sino de la memoria viva de una madre que, a pesar de todo, había logrado lo imposible.

V

Simón observaba el gigantesco libro que Baltasar hojeaba, con sus páginas antiguas y desgastadas, mientras su mente vagaba por pensamientos más profundos. Había mucho que decir sobre la vida de los ratones, y poco que los demás comprendían realmente. Con un suspiro, decidió compartir sus pensamientos con sus compañeros.

—Lo imposible no es simplemente criar a los hijos —comenzó Simón, con una voz baja pero firme—. Lo imposible es mantenerlos juntos. Eso es lo que desean todos los padres, humanos y ratones por igual. Quieren ver a sus hijos crecer, mantenerse unidos, formar una comunidad. Pero la vida... la vida no está diseñada para eso. —

Rodolfo, siempre curioso, lo miró fijamente. —¿Por qué lo dices, Simón? —

Simón suspiró de nuevo, dejando que las palabras fluyeran con la misma cadencia que sus pensamientos. —Porque, a pesar de nuestros esfuerzos, los ratones no somos deseados. Somos vistos como un estorbo, una plaga, algo que los humanos intentan erradicar sin darse cuenta de lo estructurada que está nuestra sociedad. —

Baltasar levantó una ceja, intrigado. —¿Estás diciendo que nuestra sociedad es más estructurada de lo que los humanos creen?

Simón asintió, con un leve destello en sus ojos. —Exactamente. Los humanos nos ven como simples criaturas que buscan comida y refugio, sin más. Pero en realidad, nuestra vida es tan organizada, tan interconectada como la de ellos. La diferencia es que nosotros no tenemos los lujos que ellos tienen, y, sin embargo, encontramos maneras de sobrevivir en su mundo caótico. —

Rodolfo, siempre el historiador, se inclinó hacia Simón. —¿Cómo dirías que se estructura nuestra sociedad? —

Simón reflexionó por un momento antes de responder. —Todo empieza con nuestras familias, pequeñas pero fuertes. Las madres son el centro de todo. Ellas no solo nos crían, sino que nos enseñan a movernos en este mundo hostil. Luego, está la comunidad. Los ratones no somos solitarios; dependemos unos de otros para sobrevivir. Nos comunicamos, compartimos recursos, y cada uno tiene un rol dentro de nuestro pequeño mundo. Pero, a diferencia de los humanos, no buscamos más poder ni más territorio. Solo queremos vivir en paz, encontrar comida suficiente para alimentarnos y mantener a nuestras crías a salvo. —

Baltasar, mientras ajustaba sus lentes diminutos, rió suavemente. —Es curioso cómo los humanos piensan que somos desorganizados y caóticos, cuando en realidad nuestra vida es un delicado equilibrio que ellos nunca podrían entender. Creen que, porque vivimos bajo sus pies, somos inferiores. Pero en realidad, sobrevivimos en las sombras de su fracaso. —

Simón sonrió amargamente. —Lo que los humanos no ven es que, mientras ellos corren detrás del poder, la riqueza y el estatus, nosotros mantenemos nuestra estructura, nuestra red. Cada ratón tiene un papel. Algunos buscan comida, otros cuidan a las crías, y otros vigilan los peligros. Es un sistema que funciona, porque no estamos cegados por la ambición. Todo es más simple para nosotros, pero también más efectivo. —

Rodolfo, siempre reflexivo, añadió: —Y mientras los humanos intentan exterminarnos, no se dan cuenta de que, en su misma estructura, hay grietas que nosotros aprovechamos para prosperar. Viven construyendo trampas, como esas de madera, papel y resorte, pero no entienden que por cada ratón que cae, dos más aprenderán a evitarla. —

—Exacto —respondió Simón—. Los humanos ven nuestras madrigueras como nidos de caos, pero lo que no entienden es que cada rincón de nuestras vidas está planeado con precisión. Sabemos cuándo salir a buscar comida, cuándo escondernos y, lo más importante, cómo mantenernos conectados con los demás. Si un ratón encuentra comida, la comparte; si uno encuentra un lugar seguro, lo comunica. No necesitamos una sociedad basada en el individualismo, porque entendemos que la fuerza está en la comunidad. —

Baltasar asintió lentamente, como si estuviera procesando cada palabra. —Es una vida estructurada, sí, pero también una vida de resistencia. Los humanos se creen dueños del mundo, pero la verdad es que nosotros hemos aprendido a vivir en las sombras de su imperio, aprovechando todo lo que dejan atrás. Somos los invisibles, los que construimos nuestra vida en los márgenes de la suya. Y, a pesar de todo, seguimos aquí. —

Simón miró a sus compañeros, sintiendo que sus palabras estaban encontrando un eco en sus mentes. —Nuestra vida está tan estructurada como la de los humanos, pero con una diferencia clave. Ellos están atrapados en una lucha interminable por el poder, mientras nosotros solo queremos lo esencial: comida, refugio, seguridad. Lo imposible para nosotros no es encontrar esas cosas, sino mantener juntas a nuestras familias en un mundo que nos quiere fuera. Pero, a pesar de todo, seguimos luchando. —

Rodolfo rió suavemente. —Tal vez eso sea lo que nos hace más fuertes que ellos. Los humanos creen que, porque no somos visibles, no somos importantes. Pero lo que no ven es que, mientras ellos pelean por lo que creen que es su destino, nosotros vivimos nuestras vidas estructuradas, siempre un paso por delante, siempre encontrando una forma de sobrevivir. —

Simón sonrió con ironía. —Somos la sombra en su mundo. Y esa sombra es lo que les recuerda que no están solos en esta tierra. Quizás no somos deseados, pero estamos aquí, y nuestra estructura es lo que nos permite resistir. —

Y con esas palabras, Simón, Rodolfo y Baltasar se quedaron en silencio, reflexionando sobre la vida que llevaban, tan invisible para los humanos, pero tan llena de propósito y estructura. Aunque los humanos veían a los ratones como una plaga, en realidad eran testigos de una sociedad más fuerte de lo que cualquiera de ellos podría imaginar.

—¡Aquí está!... ¡Aquí está! —gritó de repente el licenciado Baltasar, con sus pequeñas patas temblando de emoción mientras señalaba una página amarillenta en el gigantesco mamotreto. Sus ojos brillaban tras los diminutos lentes que se le resbalaban por el hocico, y una sonrisa de satisfacción se dibujaba en su rostro.

Simón sintió una oleada de alivio recorrer su cuerpo. Era como si, de repente, el peso que había estado cargando desde que inició su búsqueda se aligerara un poco. Había llegado el momento que tanto había esperado.

—¿Qué dicen? —preguntó, con la voz entrecortada por la emoción contenida. No quería adelantarse a las noticias, pero su corazón latía con fuerza, esperando lo mejor.

Baltasar, con la solemnidad de un abogado dictando sentencia, inclinó la cabeza y leyó en voz alta: —Tus hermanos... se encuentran un poco más hacia la calle Tetuán, justo en la intersección con la calle del Cristo. Cerca del sector donde tú abandonaste la isla hace dieciocho meses. Están vivos. —Su voz resonaba en el pequeño despacho, como si aquellas palabras tuvieran el poder de cambiar el destino.

Simón dejó escapar un suspiro profundo, como si hubiera estado conteniendo la respiración todo este tiempo. Su alivio no podía medirse con palabras; era como si en ese instante, la distancia y el tiempo que lo habían separado de sus hermanos se hubieran desvanecido.

—Están vivos... —repitió, como si necesitara escuchar esas palabras una vez más para convencerse de que eran reales.

Rodolfo, siempre más pragmático, dio un paso adelante. —Eso es una gran noticia, Simón. Pero aún nos queda un largo camino por recorrer para encontrarlos. Tetuán está llena de peligros, y esos adoquines españoles han visto más guerras y tragedias de las que cualquiera de nosotros puede imaginar. —

Simón asintió, pero el brillo en sus ojos no se apagó. —Lo sé, Rodolfo. Pero después de todo lo que he pasado, después de haber dejado esta isla, este es el primer rayo de esperanza que veo. Debemos seguir adelante. Caminar por esos adoquines hasta que demos con ellos. No importa cuánto tarde ni cuántos peligros encontremos en el camino. He esperado dieciocho meses para este momento. —

Baltasar, con su tono más sabio, intervino. —Así es, amigo mío. La lucha no termina aquí. Los humanos creen que esas calles, esos adoquines, son suyos. Pero la verdad es que pertenecen a la historia. Y nosotros, los ratones, somos parte de esa historia, aunque ellos no lo vean. No será fácil. Los peligros son muchos, pero si tus hermanos están en algún lugar de esa ciudad, debemos encontrarlos. Y si lo hacemos, habrás logrado lo que muchos no consiguen: reunir a tu familia en un mundo que se empeña en separarnos. —

Simón miró hacia la ventana del despacho, donde la luz de la mañana comenzaba a filtrarse tímidamente por las rendijas. Los adoquines de las calles de San Juan brillaban con un resplandor antiguo, como si llevaran consigo las historias de aquellos que habían caminado por ellos antes. Eran los mismos adoquines que había pisado cuando partió al continente, dejando atrás una vida que parecía desmoronarse. Y ahora, esos mismos adoquines lo llevarían de regreso a sus raíces, a sus hermanos, al hogar.

—No puedo evitar pensar en todas las veces que mi madre caminó por esas calles, sin saber si alguna vez volvería —dijo Simón, con la voz algo más suave—. Pero ahora, sé que esos adoquines me llevarán a ellos. Los mismos adoquines que los humanos han pisado por siglos, creyendo que son los únicos dueños de la historia. No saben que, bajo sus pies, también caminamos nosotros, los invisibles. Los que siempre encontramos la manera de sobrevivir, de seguir adelante.

Rodolfo asintió, comprendiendo la profundidad de las palabras de su amigo. —Ellos no ven lo que está justo delante de ellos. No ven las vidas que se tejen entre los espacios que dejan vacíos. Esos adoquines son testigos de más historias de las que jamás sabrán. Y nosotros, aunque pequeños, formamos parte de ellas.

Baltasar, siempre más filosófico, añadió: —La vida en esta isla está llena de ciclos. Los humanos vienen y van, dejan sus huellas, pero los adoquines permanecen. Y nosotros, los que caminamos en silencio, seguimos existiendo entre los resquicios de su mundo. Es hora de que tú, Simón, encuentres tu lugar en esa historia. De que te reencuentres con los tuyos y cierres ese ciclo que comenzó cuando dejaste la isla. —

Simón respiró hondo, sintiendo que cada palabra lo impulsaba hacia adelante. Sabía que la lucha no había terminado, pero por primera vez en mucho tiempo, tenía una dirección clara. Sus hermanos estaban allí, esperando en algún lugar, y los adoquines de San Juan lo guiarían hacia ellos.

—Sigamos —dijo con determinación—. No descansaré hasta encontrarlos. Caminaré por cada adoquín de esta ciudad, si es necesario. Estos adoquines han visto guerras, revoluciones, y ahora verán una familia reunida de nuevo.

Y con esas palabras, Simón, Rodolfo y Baltasar se prepararon para continuar su viaje, conscientes de que el camino por delante no sería fácil. Pero sabían que, bajo la superficie de la ciudad, en los márgenes de la historia, los invisibles también tenían una misión que cumplir.

Mientras caminaban por las calles adoquinadas, Baltasar se encargaba de mantener entretenidos a sus dos compañeros de viaje con un relato lleno de detalles y reflexiones profundas. Con su característica elocuencia y su tono siempre algo dramático, comenzó a contarles las peripecias que habían sufrido los humanos durante los últimos cuatro años bajo la pesada carga del gobernante que él llamaba, con cierta ironía, "el incumbente con cara de bobo".

—Es increíble lo que los humanos son capaces de hacer por dinero —empezó Baltasar, mientras ajustaba sus lentes diminutos—. Imagínense, amigos, cómo este gobernante, junto a otros legisladores, vendió la compañía de electricidad, que ya estaba debilitada tras el paso del huracán María. ¿Y a quién? A una compañía privada, y no por un precio justo, sino por lo que aquí llamamos "precio de pescado abombado". ¡Una verdadera ganga, pero solo para los compradores! —

Simón, siempre observador, asintió, mientras una ligera mueca de disgusto se dibujaba en su rostro. —Lo escuché en mi tiempo en el continente. No podían entender cómo algo tan esencial para la vida, como la electricidad, podía ser entregado a quienes solo buscan enriquecerse. —

Rodolfo, por su parte, miraba pensativo. —Es la misma historia de siempre. Venden lo que no les pertenece, y el pueblo paga las consecuencias. —

Baltasar rió, aunque con amargura. —
¡Exacto! Los humanos creyeron que, entre-
gando la compañía a manos privadas, todo
mejoraría. Pero ¿qué fue lo primero que hizo
esta nueva empresa? Triplicó el costo por ki-
lovatio. Eso fue como una bomba en la economía de los humanos. Los comerciantes,
que ya estaban tambaleándose, comenzaron
a cerrar sus negocios. Los hospitales, algunos
de ellos fundamentales para la supervivencia
del pueblo, no pudieron soportar los costos
y se declararon en quiebra. Y las pequeñas
compañías... bueno, ya te imaginarás. Desa-
parecieron en silencio. —

—Todo por el vil metal —murmuró Simón,
sacudiendo la cabeza—. Es curioso cómo los
humanos tienen esta obsesión por el dinero,
sin darse cuenta de que están cavando su
propia tumba. Aumentar los precios de algo
tan vital como la electricidad solo hace que
los más vulnerables sufran más. Y mientras
tanto, los ricos se vuelven más ricos, al amparo de su propio sistema corrupto. —

Baltasar, visiblemente animado por la conversación, continuó con su crítica. —Y lo más
escandaloso de todo, amigos míos, es que, a
pesar de recibir vastas sumas de dinero, esta

nueva compañía no hizo prácticamente nada por mejorar la situación. Las líneas de transmisión siguen en mal estado, la distribución es un desastre y, en cuanto a la generación de energía, ni siquiera se han molestado en actualizar las viejas plantas que deberían haber sido renovadas hace años. —

Rodolfo frunció el ceño. —Y mientras tanto, los apagones siguen, ¿no? —

—¡Exactamente! —gritó Baltasar, con una mezcla de rabia e incredulidad—. Los apagones son constantes. Los humanos se quejan, protestan, pero la compañía solo les responde con promesas vacías y un servicio cada vez peor. Mientras tanto, los directores de estas compañías privadas... bueno, esos sí que no se quejan. Ganan más de un millón de dólares al año. ¡Más de un millón! Por no hacer absolutamente nada, excepto empeorar la situación. —

Simón, que había estado escuchando en silencio, no pudo evitar intervenir. —Es tan predecible. Los humanos parecen haber olvidado que los servicios esenciales no deberían estar en manos de quienes solo buscan ganancias. La electricidad, el agua, la salud...

todas esas cosas deberían ser garantizadas para todos. Pero no, siempre lo mismo: venden al mejor postor, y el pueblo paga el precio. —

Rodolfo lo miró, con una mirada de comprensión. —Y lo más triste es que los que pagan son siempre los más débiles. Los comerciantes pequeños, las familias, los hospitales... son los primeros en caer. Mientras tanto, los directores de esas empresas se llenan los bolsillos y duermen tranquilos en sus mansiones, con generadores privados que nunca fallan. —

—Es el ciclo de siempre —dijo Simón, su voz llena de resignación—. Los poderosos se enriquecen, mientras los demás sobreviven como pueden. Pero nosotros, los ratones, hemos aprendido a vivir en ese sistema. Sabemos cómo aprovechar las grietas que ellos dejan en su codicia. Mientras se concentran en ganar más dinero, nosotros seguimos avanzando, invisibles para ellos, pero presentes en cada esquina, en cada resquicio de su mundo. —

Baltasar, quien había permanecido en silencio por un momento, finalmente habló con un tono más suave, casi reflexivo. —Somos testigos de su decadencia. Los humanos creen que son los únicos que importan, los únicos que hacen historia. Pero no se dan cuenta de que sus decisiones, su avaricia, están destruyendo todo lo que tocan. Y mientras ellos se pelean por el poder, por el control, nosotros seguimos aquí, en las sombras, sobreviviendo a su caos. —

Simón asintió, sintiendo que las palabras de Baltasar resonaban profundamente. —Nos llaman plagas, nos intentan exterminar, pero no entienden que somos los que mejor hemos aprendido a vivir en su mundo. Mientras ellos se ahogan en sus propias decisiones, nosotros seguimos adelante, adaptándonos, resistiendo. —

Rodolfo, con una sonrisa leve, concluyó. — Quizás, al final, los únicos que quedemos seamos nosotros. Mientras ellos se autodestruyen, nosotros sobrevivimos, como siempre lo hemos hecho. Porque nuestra vida no depende del poder, ni del dinero. Depende de la comunidad, del ingenio, y de saber aprovechar lo que ellos desperdician. —

Los tres ratones continuaron caminando por las calles adoquinadas, mientras el sol comenzaba a asomarse tímidamente entre las nubes, iluminando los viejos edificios de la ciudad. El aire estaba cargado de historia, pero también de las tensiones de un lugar donde el tiempo parecía detenerse, mientras los problemas crecían sin cesar.

—Es irónico, ¿no? —comentó Baltasar, ajustándose sus diminutos lentes mientras miraba hacia el horizonte—. La famosa junta fiscal, que vino a "arreglar" los problemas económicos de la isla, ha acabado metiendo a los humanos en una deuda que tendrán que pagar durante los próximos cuarenta años. Los hijos de sus hijos cargarán con un peso que ni siquiera entienden todavía. —

La isla respira lentamente,
sus pulmones llenos de la historia de siglos.
El sudor de los humanos se mezcla con la sal del mar,
mientras las palmeras susurran secretos olvidados.

Pero en el corazón de la tierra,
donde el sol no llega y el viento no se cuela,
los ratones escuchan una melodía diferente,
una canción que no tiene principio ni fin.

Cada grieta es un hogar,
cada sombra, un refugio.
Los humanos buscan en vano la luz,
pero los ratones ya han encontrado su camino.
¿Quiénes son los verdaderos dueños de esta tierra?
Los que construyen con manos débiles
o los que esperan, con ojos brillantes,
a que todo vuelva al polvo del que nació?

La isla, cansada de sus amos,
permite que los ciclos se repitan.
Aquí, donde el tiempo no importa,
solo los pequeños son los sabios.

Simón, con una mirada pensativa, lo miró de reojo. —Es lo que siempre hacen. Dicen que vienen a solucionar las cosas, pero lo único que hacen es prolongar el sufrimiento. Cuatro presupuestos balanceados... ¿de verdad creen que eso es posible en medio de tanto desbarajuste económico y corrupción?

Rodolfo, con un tono más grave, intervino. —No, no lo es. Sabemos bien que esos presupuestos nunca llegarán. No mientras los que manejan el dinero sigan enriqueciéndose a costa del pueblo. La junta gobernará esta isla hasta el fin de los tiempos si seguimos así, porque los administradores del país no están interesados en cambiar las cosas, solo en mantenerse en el poder. —

Baltasar suspiró, agitando sus patas pequeñas con frustración. —Y mientras tanto, los humanos aquí siguen sufriendo. La electricidad, el agua potable, las viviendas, la salud, la seguridad... todo ha mermado en estos últimos años. Se suponía que con la intervención de la junta las cosas mejorarían, pero lo único que ha mejorado es el salario de los que están a cargo. —

Simón asintió. —Es cierto. He oído que cada vez más humanos están emigrando. Algunos se van a la República Dominicana, donde todo parece estar incluido. Otros huyen a España, o a Estados Unidos, buscando una mejor calidad de vida. Y es curioso, porque son los jóvenes los que más se van, llevándose a sus hijos con ellos. Es lo mismo que me pasó a mí cuando emigré con mi madre... buscando algo mejor, dejando atrás una isla que ya no podía ofrecer nada. —

Rodolfo reflexionó sobre esas palabras. —Es una fuga de cerebros, de manos trabajadoras. Los que se van son los que podrían levantar la isla, pero ¿cómo culparlos? No hay futuro aquí. Y eso pone un peso fiscal enorme sobre los que se quedan, que en su mayoría son viejos, jubilados, o personas que dependen del gobierno para sobrevivir. Es como si la isla se estuviera convirtiendo en un gran asilo de ancianos sin ingresos suficientes para pagar la deuda que les han dejado. —

Baltasar, siempre el más filosófico, añadió con un tono grave: —Es un ciclo interminable. Los jóvenes se van porque no hay oportunidades, y los que se quedan son cada vez más viejos y dependientes. Y mientras tanto, la deuda crece y crece. ¿Cómo esperan que se pague esa deuda en cuarenta años cuando no habrá nadie que trabaje para hacerlo? La isla se está hundiendo bajo su propio peso, y los que la gobiernan parecen no darse cuenta, o peor aún, no les importa. —

Simón, con una mezcla de tristeza y rabia, miró hacia el cielo, que ahora se tornaba gris. —Y los que gobiernan, ¿qué hacen? Nada. Solo piensan en mantener su poder, en protegerse a sí mismos, mientras todo lo demás se desmorona a su alrededor. Y el pueblo... el pueblo está cansado, pero no sabe qué hacer. Están atrapados, como nosotros lo estamos bajo estos adoquines, invisibles para los poderosos. —

—Invisibles, pero siempre presentes —murmuró Rodolfo—. Nosotros, los ratones, hemos aprendido a sobrevivir en este caos, aprovechando las grietas del sistema. Pero los humanos que quedan aquí... ¿qué pueden hacer? —

Baltasar sonrió, aunque su sonrisa no era de alegría, sino de resignación. —Ellos están atrapados en un ciclo del que no pueden salir. Sus líderes los han traicionado, los han dejado a la deriva. Y ahora, los que quedan solo pueden esperar a que algo cambie, pero sabemos que no lo hará. No mientras las decisiones las tomen aquellos que se benefician de este desorden.

—Es como si la isla estuviera condenada —dijo Simón, su voz apenas un susurro—. Condenada a repetir los mismos errores una y otra vez, mientras los que podrían salvarla se van, y los que quedan se hunden en la desesperación.

—Así es —asintió Baltasar, con una mirada grave—. Y lo más triste de todo es que no hay una salida clara. Porque, mientras los poderosos sigan enriqueciéndose a costa de los demás, mientras sigan llenando sus bolsillos y dejando al pueblo en la miseria, nada cambiará. Y así, la isla, que alguna vez fue una perla, se convertirá en un gigante asilo de ancianos, lleno de deudas que nunca podrán pagar.

Rodolfo, siempre más práctico, intervino. —Nosotros, al menos, sabemos cómo adaptarnos. Sabemos cómo movernos en las sombras, cómo encontrar oportunidades donde otros solo ven caos. Pero ellos... ellos están atrapados en un sistema que no pueden controlar. Y esa es la verdadera tragedia.

Simón asintió, sintiendo el peso de la verdad en las palabras de su compañero. —Es un ciclo del que no pueden escapar. Y mientras tanto, el tiempo sigue pasando, y la isla sigue hundiéndose más y más. Pero nosotros... nosotros seguimos aquí, invisibles, sí, pero siempre presentes. Porque, al final, los que sobreviven no son los más poderosos, sino los que saben adaptarse a los cambios. —

Y con esas palabras, los tres ratones continuaron su camino, conscientes de que,

aunque pequeños e invisibles, eran los verdaderos testigos de la decadencia de una isla
que alguna vez fue grande, pero que ahora
se enfrentaba a un futuro incierto, atrapada
en un ciclo de pobreza, deudas y corrupción.

VI

Con la llegada de la noche, los tres ratones sintieron que era momento de buscar refugio. La ciudad dormía, pero el mundo subterráneo de los roedores nunca se detenía. Caminaban por las calles llenas de baches y grietas, un reflejo de la propia decadencia de la isla.

—Los boquetes son más abundantes que los adoquines en esta isla —comentó Rodolfo con una mezcla de sarcasmo y resignación—. Las carreteras están tan rotas como la economía. Es como si el suelo mismo se estuviera cayendo a pedazos.

Simón asintió, mirando alrededor. —No solo las carreteras. Las viviendas también están vacías. Muchas de ellas, casas antiguas que alguna vez fueron hogares, ahora están deshabitadas. ¿Y sabes por qué? Porque los humanos originales han sido reemplazados por los americanos del continente. Los locales ya no pueden permitirse vivir en sus propios barrios. —

Baltasar, siempre con sus lentes diminutos ajustados, agregó con un tono reflexivo. —

Esos americanos, con sus bolsillos llenos y sus impuestos reducidos, han venido a comprar la isla como si fuera un parque de atracciones. Compran propiedades como si fueran caramelos, desplazando a los locales, los verdaderos dueños de esta tierra. Pero, por supuesto, ellos no ven las consecuencias. Solo ven una oportunidad de hacer dinero rápido.

—Rentas a corto plazo —murmuró Simón—. Ese es el nuevo negocio. Casas que antes albergaban a familias completas ahora están vacías, esperando que algún turista llegue a pagar una fortuna por unos días. Y mientras tanto, los humanos que crecieron aquí son expulsados de sus propios hogares, empujados a la periferia o forzados a emigrar. —

Rodolfo, siempre el más práctico, sonrió con ironía. —Es curioso, ¿no? Esas viviendas vacías, que ahora están deshabitadas la mayor parte del tiempo, se han convertido en nuestros refugios. Nidos de ratones, pernoctando en el corazón de la ciudad. Y lo mejor de todo es que no tenemos que pagar ni un centavo por vivir en ellas, a diferencia de los humanos. —

—La ironía no se pierde en nosotros —dijo Baltasar, mientras ajustaba sus lentes de nuevo—. Los humanos luchan por poseer propiedades, por pagar alquileres desorbitados, y nosotros... nosotros simplemente nos deslizamos entre sus grietas, aprovechando lo que dejan atrás. Mientras esas casas esperan a algún turista que pague por un alquiler irracional, nosotros descansamos en ellas durante el día, como reyes en un palacio que no les pertenece. —

Simón sonrió con cierta amargura. —Es irónico. Los humanos originales han sido desplazados por los mismos que destruyen la esencia de la isla. Y ahora, los únicos habitantes permanentes de estas casas vacías somos nosotros, los ratones. Casas llenas de historia, de memorias humanas, ahora convertidas en nidos de roedores que, al final, saben aprovechar lo que los humanos no valoran. —

—Ellos valoran el dinero por encima de todo —dijo Rodolfo—. Venden sus casas, se van, y luego se quejan de que la isla ya no es lo que solía ser. Pero ¿qué esperaban? El turismo y la avaricia han reemplazado la vida cotidiana. Y mientras tanto, nosotros seguimos aquí, adaptándonos como siempre. —

Baltasar asintió. —Es como si la isla estuviera atrapada en un ciclo de autodestrucción. Los humanos locales no pueden competir con los extranjeros que vienen con sus dólares y sus privilegios. Las casas, los comercios, todo se está transformando para complacer a los que vienen de fuera, sin pensar en los que han vivido aquí toda su vida. —

Simón observó una de la residencia colonial vacía que se alzaba frente a ellos, con sus ventanas cerradas y sus paredes desgastadas por el tiempo. —Es una pena. Estos lugares solían estar llenos de vida, de familias, de historias. Ahora son solo contenedores vacíos, esperando ser llenados por personas que nunca entenderán lo que significan. Pero para nosotros... estas casas vacías son más que suficientes. No necesitamos lujos ni comodidades, solo un lugar donde descansar. Y en eso, hemos sido más afortunados que los humanos que aún luchan por mantener lo que una vez fue suyo. —

Rodolfo, con una sonrisa de complicidad, añadió: —Al final, los que quedan son los que saben adaptarse. Mientras los humanos luchan por pertenecer, nosotros simplemente aprovechamos lo que dejan atrás, invisibles, pero siempre presentes. —

Baltasar se detuvo frente a una pequeña entrada en el costado de la casa vacía, señalando el refugio perfecto para la noche. — Aquí, en esta vivienda desocupada, encontraremos el descanso que necesitamos. Mientras los humanos buscan su fortuna y destruyen su hogar, nosotros seguimos aquí, en las sombras, adaptándonos, como siempre lo hemos hecho. —

Los tres ratones se adentraron en la casa vacía, conscientes de que su existencia, aunque invisible para los humanos, estaba entrelazada con la decadencia de una isla que alguna vez fue vibrante, pero que ahora se veía consumida por la avaricia y la indiferencia. Mientras el mundo humano se desmoronaba a su alrededor, ellos seguían avanzando, siempre en busca de nuevas oportunidades, siempre sabiendo cómo sobrevivir en los márgenes de la historia.

Durmieron lo justo, como lo hacían siempre, sin preocuparse por los horarios de los humanos. Quince horas de descanso, escondidos en la penumbra de la casa vacía, protegidos del bullicio exterior. Se levantaron alrededor de las diez de la noche, cuando la ciudad comenzaba a sumirse en la tranquilidad que sólo traía la oscuridad. La noche era su refugio, su momento para continuar la travesía.

Durante su estadía en la casa, ocurrieron cuatro apagones. La oscuridad envolvió el sector como un manto pesado, cubriendo las calles adoquinadas y las paredes agrietadas de las casas. Los tres ratones, aunque acostumbrados a moverse en la oscuridad, notaron cómo el caos entre los humanos se intensificaba con cada apagón.

—¿Escuchan eso? —preguntó Baltasar, con una sonrisa irónica en el rostro mientras los ruidos de la calle llegaban hasta sus oídos—. Los humanos no pueden soportar estar sin electricidad ni una hora. Ya han gritado 'coño' y 'puñeta' tantas veces que podría ser una canción de protesta. —

Simón, siempre más serio, asintió. —Es lo que pasa cuando se dependen tanto de algo. Ellos no pueden vivir sin electricidad, sin sus aparatos que controlan todo, desde la luz hasta la vida diaria. Y ahora, con un servicio tan deficiente, degradante y caro, están empezando a darse cuenta de lo frágil que es todo su sistema. —

—¿Y qué esperaban? —dijo Rodolfo con una risa suave, mientras mordisqueaba una pequeña miga de pan que había quedado del día anterior—. Vendieron su alma a una compañía que les prometió modernización, pero lo único que les dio fue más apagones y facturas más altas. Cada vez que se va la luz, se quejan más, pero ¿qué pueden hacer? Están atrapados en su propia trampa. —

Baltasar, quien siempre disfrutaba de hacer conexiones filosóficas, comentó en voz baja: —Es interesante, ¿no? Para ellos, la electricidad lo es todo, y cuando les falta, su mundo se detiene. Para nosotros, la oscuridad es donde mejor nos movemos. No necesitamos sus generadores, no dependemos de sus sistemas. Somos autosuficientes en nuestra simplicidad, y eso nos hace libres. Ellos, en cambio, se sienten cada vez más atrapados. —

Simón observó las luces que titilaban a lo lejos, sabiendo que la crisis en los servicios esenciales estaba lejos de resolverse. —No es solo la electricidad. Todo está colapsando. El agua, las viviendas, la salud, la seguridad... la vida en la isla se está deteriorando cada día más. Y como si no fuera suficiente, ahora tienen sismos inesperados que sacuden el sur de la isla. Las escuelas públicas se están cayendo a pedazos, literalmente. —

—Esas grietas no solo están en las vigas —añadió Rodolfo, con un tono grave—. Están en todo el sistema. Y con cada temblor, esas grietas se hacen más grandes. Las escuelas cerradas... imagínate. Los niños que no pueden aprender, las familias que no tienen a dónde enviar a sus hijos. Pero para nosotros... esas escuelas cerradas pronto se convertirán en nuevos nidos. —

Baltasar asintió, reflexionando. —Así es. Lo que para ellos es un símbolo de su decadencia, para nosotros es una oportunidad. Esas escuelas públicas que antes estaban llenas de niños ahora serán nuestros refugios. Nuevos nidos de ratones, donde podremos descansar, procrear, y seguir existiendo mientras el mundo humano se desmorona. Ellos construyen y destruyen, y nosotros simplemente aprovechamos lo que dejan atrás. —

Simón, quien había pasado gran parte de su vida en el continente, observaba todo esto con un sentimiento agridulce. —Es extraño, ¿no? Ver cómo todo lo que construyeron los humanos se derrumba, y cómo nosotros encontramos la manera de prosperar en medio de su caos. No somos los dueños de este mundo, pero, de alguna manera, somos los únicos que sabemos cómo vivir en él sin destruirlo. —

—Es porque no dependemos de las mismas cosas que ellos —dijo Rodolfo—. Los humanos siempre buscan más. Más luz, más control, más poder. Y cuando ese poder falla, como lo hace la electricidad, se quedan indefensos. Nosotros solo necesitamos un rincón oscuro y algo de comida. Y esos apagones, esos temblores que tanto les asustan, solo nos hacen más fuertes. —

Baltasar ajustó sus lentes y sonrió. —Nos llaman plagas, pero somos los que mejor entendemos cómo adaptarnos. Mientras ellos gritan y maldicen por la falta de luz, nosotros nos movemos en las sombras, buscando nuevos refugios, nuevos espacios. Las casas vacías, las escuelas cerradas... todo se convierte en nuestro terreno. Y lo mejor de todo es que no tenemos que pagar un centavo por ello. —

Simón, siempre más melancólico, miró al cielo oscuro. —Pero no puedo evitar sentir tristeza por la isla. Esta tierra tiene una historia tan rica, tan llena de vida. Y ahora está siendo destruida por la avaricia, la incompetencia y el abandono. Los temblores, los apagones... son solo señales de que algo más profundo está mal. La isla misma está gritando por ayuda, pero nadie parece escuchar. —

—Nadie que tenga el poder de cambiarlo, al menos —agregó Rodolfo—. Los que pueden hacer algo están demasiado ocupados llenando sus propios bolsillos. Y mientras tanto, la gente se queda en la oscuridad, tanto literal como figuradamente. Y cuando las escuelas finalmente se derrumben, cuando los hospitales ya no puedan atender a nadie, nosotros seguiremos aquí. Invisibles, pero siempre presentes. —

Baltasar, con una sonrisa enigmática, concluyó. —Y mientras ellos luchan por sobrevivir en un sistema que ya no funciona, nosotros seguiremos encontrando la manera de
prosperar. No necesitamos electricidad, ni
grandes edificios. Solo necesitamos lo que
ellos dejan atrás. Y eso... nunca nos falta. —

Con esas palabras, los tres ratones salieron
de la casa vacía, dispuestos a continuar su
travesía nocturna. La isla, con sus luces inter-
mitentes y sus sombras alargadas, seguía
siendo un lugar de contradicciones, donde lo
que se derrumbaba para unos, se convertía
en una nueva oportunidad para otros. Y
mientras los humanos seguían maldiciendo
los apagones y los temblores, los ratones
avanzaban en silencio, adaptándose, resistiendo, y encontrando siempre la forma de
sobrevivir en un mundo que los ignoraba.

Se palpaba en el aire algo diferente. Las elecciones se aproximaban, y con ellas, el ambiente estaba cargado de tensión y promesas vacías. Los humanos, como de costum-
bre, se dejaban llevar por el miedo y las mentiras de los candidatos que, en cada esquina,
ofrecían soluciones a problemas que ellos
mismos habían creado. Los ratones, siempre

atentos a los cambios en su entorno, lo sentían profundamente. Sabían que pronto tendrían que reunirse para decidir qué hacer cuando el gobierno cambiara, o si no cambiaba. Era como una danza cíclica que no terminaba nunca.

—Es curioso, ¿no? —comentó Baltasar, mientras ajustaba sus lentes diminutos—. Los humanos siempre parecen estar atrapados en este ciclo de elecciones. Creen que un cambio de gobierno resolverá todos sus problemas, pero los ratones sabemos mejor. Sabemos que el deterioro es lo que realmente nos favorece. —

Simón, siempre más melancólico, miró hacia el horizonte, donde las luces de la ciudad titilaban en la oscuridad. —Preferimos que las cosas sigan en ese estado de decadencia, ¿verdad? Mientras todo se desmorona, nosotros encontramos más espacio, más oportunidades. Si el gobierno sigue igual, si nada mejora, podremos quedarnos con más de la mitad de la isla. —

Rodolfo asintió, mientras observaba el caos que los rodeaba. —Es cierto. Para nosotros, cada bache, cada grieta en las calles, es una nueva entrada a un refugio. Mientras los humanos discuten sobre quién puede arreglar el país, nosotros aprovechamos cada esquina que dejan abandonada. Si las cosas siguen deteriorándose, será aún mejor para nosotros. —

Baltasar, quien siempre disfrutaba de las intrigas políticas, rió suavemente. —Y ahora, mírenlos. La candidata del partido en el poder ha intentado convertirse en la figura maternal que el pueblo busca desesperadamente. Se ha casado con un personaje sacado de las bibliotecas de la República Dominicana, un hombre que parece más una caricatura que un ser humano. ¡Tan gordo como ella! Eran dos bolitas Savory, rodando juntos por el escenario político. —

Simón no pudo evitar reírse ante la imagen. —Es ridículo. Ellos creen que, al tener hijos, podrán ganarse la simpatía del pueblo. Como si eso pudiera ocultar todas las mentiras y promesas rotas. —

—¿Y los gemelos? —añadió Rodolfo, con una sonrisa irónica—. Eso es lo que realmente me fascina. Nadie sabe cómo creció su barriga tanto como para tener gemelos.

Ni siquiera el ginecólogo que atendió el parto subrogado puede explicarlo. Es un misterio hasta para la madre natural de los niños, si es que hay una. Pero claro, tener hijos la convierte automáticamente en una figura maternal ante los ojos del pueblo, ¿no? Y en esta isla, la política es un deporte nacional. —

Baltasar, siempre el más sagaz, ajustó sus lentes nuevamente. —Eso es lo que realmente me inquieta. ¿Cómo es posible que alguien tan obvio en su engaño siga ganando terreno en la política? Sabemos que ella es una mitómana, que se alimenta de las mentiras, pero el pueblo... el pueblo parece ciego ante eso. Sólo porque tiene hijos, ahora la ven como una madre. Y con eso, su imagen decaída se levanta como si fuera una heroína. Pero todos sabemos que no es más que una ilusión.

Simón, con un tono más serio, respondió: —Es la misma historia de siempre. Los humanos siempre buscan algo que los haga sentir seguros, incluso si eso es solo una fachada. Necesitan creer que su líder puede salvarlos, que hay algo de bondad en ellos. Y en esta isla, una figura maternal puede ser suficiente para ganar las elecciones, sin importar las verdades que se esconden detrás de esa máscara. —

—Exacto —intervino Rodolfo—. La política aquí es un juego. Un deporte donde las reglas cambian constantemente, pero el resultado siempre es el mismo: los poderosos siguen siendo poderosos, y el pueblo... el pueblo sigue esperando un milagro. Y mientras ellos esperan, nosotros seguimos avanzando en las sombras, adaptándonos a su decadencia.

Baltasar, siempre dispuesto a reflexionar más allá de lo evidente, agregó: —Es la esencia misma de la política local. Aquí, la mentira y la imagen lo son todo. No importa si las promesas son falsas, ni si los candidatos están llenos de contradicciones. Lo que importa es la percepción. Y la percepción, mis amigos, es algo que se puede manipular fácilmente. —

Simón asintió, observando cómo la ciudad comenzaba a despertar lentamente mientras la noche avanzaba. —Y mientras los humanos se pelean por quién será su próximo líder, nosotros sabemos que, pase lo que pase, encontraremos la manera de prosperar. Porque, al final, somos los que mejor sabemos adaptarnos a los cambios. Somos los que siempre encontramos refugio en los lugares que ellos abandonan. —

Rodolfo sonrió con complicidad. —Quizás no somos los que toman las decisiones, pero somos los que mejor sabemos cómo sobrevivir a ellas. Mientras ellos intentan arreglar su mundo con mentiras y promesas vacías, nosotros seguimos adelante, silenciosos, pero siempre presentes. —

Baltasar, con una sonrisa astuta, concluyó: —Y al final, eso es lo que realmente importa. No quién gane las elecciones, ni quién prometa cambiarlo todo. Lo que importa es quién se adapta mejor al caos. Y en eso, mis amigos, los ratones siempre seremos los maestros. —

Y con esa reflexión, los tres ratones continuaron su viaje por las calles adoquinadas, conscientes de que, aunque pequeños e invisibles para los humanos, su comunidad era la que mejor entendía cómo sobrevivir en un mundo de promesas rotas y cambios efímeros. Mientras el sistema político humano seguía girando en círculos, ellos seguían avanzando, adaptándose, y encontrando siempre la manera de prosperar en las sombras.

—Pues como les contaba, amigos —comenzó Baltasar, mientras sus lentes redondos reflejaban las luces tenues de la noche—, los dos candidatos del partido en el poder se fueron a debatir en unas primarias. El gobernante bobo, por un lado, y la Godzilla mitómana por el otro. No hace falta decirles quién ganó, ¿verdad?

Simón y Rodolfo lo miraron expectantes, aunque ya sabían hacia dónde iba la historia.

—Godzilla, por supuesto —continuó Baltasar, con una sonrisa irónica—. Era de esperarse. Tenía los grandes intereses de su lado, el dinero, la pasta... todo lo que se necesita para ganar en esta isla. Mientras tanto, el gobernante bobo se quedó más lelo que nunca, viendo cómo le crecían los bembes de los labios, como si la vejez de su puesto lo estuviera consumiendo. Un espectáculo patético, si me lo preguntan. —

—Siempre es así, ¿no? —intervino Simón, con una voz tranquila—. Al final, el dinero siempre gana. No importa cuán incompetente sea el candidato, si tienes los intereses económicos de tu lado, el resto no importa. —

Rodolfo, siempre más cínico, agregó: —Y el pueblo... el pueblo, como siempre, se está dando cuenta demasiado tarde. Ya lo saben, lo sienten. Otros cuatro años más de promesas vacías, de estafas y mentiras. Pero parece que nunca aprenden. —

Baltasar, animado por el rumbo de la conversación, continuó: —Es curioso cómo, justo cuando el pueblo empieza a darse cuenta del engaño, aparecen candidatos con ideas frescas, estructuradas. Candidatos que provienen de partidos que nunca han alcanzado ni el cinco por ciento de los votantes. Esos pequeños partidos que siempre han estado a la sombra, invisibles, como nosotros, los ratones. Pero ahora, esos mismos partidos traen propuestas audaces, que incluso yo encuentro interesantes. —

Simón frunció el ceño, intrigado. —¿Qué tipo de propuestas? —

—Propuestas radicales, diría yo —respondió Baltasar, con un aire de misterio—. Están hablando de empezar desde cero, de reestructurar el sistema. Comenzarían por sacar de raíz a las compañías eléctricas que tanto han dañado a la isla. ¿Pueden imaginarlo? Acabar con ese monopolio que controla la electricidad y la distribución, tan pronto lleguen al poder. —

Rodolfo se rió suavemente. —Eso sería un golpe directo a los que están en la cima. Los poderosos no lo permitirán. Pero dime, ¿qué hace Godzilla al respecto?

Baltasar sonrió, ajustando sus lentes una vez más. —Ah, Godzilla no se queda atrás. Se luce como siempre, mintiendo descaradamente. Primero dijo que también iba a sacar a esas compañías. Luego, en su típico estilo, cambió la narrativa. Dijo que no era tan fácil, que los domaría como un director de circo. Y por último, terminó diciendo que tal vez lo mejor era buscar una segunda compañía. Nadie, ni siquiera sus propios seguidores, entiende lo que realmente quiere. ¡Es una verdadera artista del engaño! —

Simón, siempre más melancólico, suspiró. —
Es lo de siempre, ¿no? Prometen cambios radicales, pero al final, cuando el poder está en sus manos, se dan cuenta de que es más fácil mantener el estatus quo. O peor aún, nunca tuvieron la intención de cambiar nada. Solo usan las promesas para ganar votos, para mantener el control. —

—Exacto —dijo Rodolfo—. Lo peor es que el pueblo sigue creyendo, sigue esperando un milagro. Piensan que alguien vendrá a salvarlos, que una nueva cara en el poder hará que todo sea diferente. Pero la verdad es que la corrupción está tan enraizada en el sistema que, incluso si llegara alguien con buenas intenciones, el peso de las instituciones terminaría aplastándolos. Y mientras tanto, los de arriba siguen llenándose los bolsillos. —

Baltasar, siempre el más astuto, concluyó: —
Lo que Godzilla está haciendo es manipular a su antojo. Sabe que el pueblo está harto de las compañías eléctricas, que la gente quiere ver un cambio. Así que promete lo imposible, sabiendo que, una vez en el poder, podrá decir que no era tan sencillo como parecía. Es el juego de siempre. La promesa de un

cambio que nunca llega. Y mientras tanto, los que realmente saben lo que está pasando... somos nosotros. —

Simón asintió, mirando hacia las calles vacías. —Sí, nosotros. Los invisibles. Los que vemos cómo todo se desmorona, mientras ellos siguen jugando a la política. Y mientras tanto, nosotros seguimos avanzando, aprovechando las grietas que dejan atrás, las oportunidades que ellos ignoran. Al final, ellos se consumen en sus propios engaños, y nosotros seguimos encontrando la manera de sobrevivir. —

Rodolfo sonrió, satisfecho con la reflexión. —Y, de hecho, si el partido en el poder prevalece, nos irá mejor a nosotros, los ratones. Mientras más se destruya este país, más espacio habrá para nosotros. La decadencia de los humanos siempre ha sido nuestra oportunidad de expansión. Cada vez que algo cae, nosotros lo aprovechamos. Y si la destrucción continúa, tendremos la mitad de la isla para nosotros. —

Baltasar, con una sonrisa enigmática, concluyó: —Así es, amigos. La política es un espectáculo que los humanos adoran, pero nosotros sabemos que es solo una fachada. Mientras ellos se pelean por el poder, nosotros seguimos aquí, invisibles pero presentes, esperando el momento adecuado para movernos. Y cuando todo se venga abajo, seremos los únicos que quedaremos, adaptándonos como siempre. Porque la destrucción del país es nuestra oportunidad para prosperar. —

Y así, los tres ratones continuaron su camino, conscientes de que, mientras los humanos seguían atrapados en el ciclo interminable de promesas y decepciones, ellos seguían avanzando, invisibles, pero siempre presentes, adaptándose a los cambios que nunca llegan y aprovechando las oportunidades que los demás no veían.

VII

Habían dejado atrás el sector anterior, avanzando por las calles estrechas entre San Justo y Fortaleza. Las luces de la ciudad apenas iluminaban los adoquines gastados, pero para los tres ratones, la oscuridad siempre había sido su aliada. Sabían hacia dónde se dirigían, y en sus mentes latía una misión: encontrar a Benito, un murino eclesiástico y bondadoso que había sido parte de la vida de Simón de una manera indirecta.

—¿Creen que Benito aún estará en la comarca? —preguntó Simón, con una mezcla de curiosidad y nostalgia en su voz.

—Si lo conozco bien, sigue en el mismo sitio —respondió Rodolfo, con un ligero toque de humor—. Benito nunca fue de los que se movieran mucho. Siempre más inclinado hacia lo espiritual que hacia lo físico, demasiado atrapado en sus pensamientos para preocuparse por lo que sucedía alrededor. —

Simón asintió, sabiendo que había algo más que lo conectaba a Benito. Había escuchado su nombre muchas veces en su niñez, antes de abandonar la isla. Su madre, en esos días difíciles, le hablaba de Benito con admiración, mencionando que él era uno de los pocos ratones que nunca había abandonado la fe, incluso en los momentos más oscuros.

—Benito conocía a mi madre —dijo Simón, rompiendo el silencio—. Ella siempre hablaba de él. Decía que era un ratón diferente, que no se dejaba llevar por los placeres mundanos, que siempre encontraba consuelo en la religión. Fue por ella que supe de Benito, aunque nunca llegué a conocerlo personalmente. —

Baltasar, caminando justo detrás, levantó una ceja, intrigado. —¿Tu madre? Eso explica por qué tenías tanto interés en encontrarlo. Ella debió haber sido alguien importante para él, si se mantenían en contacto incluso con todo lo que sucedía en la isla. —

Simón asintió, mirando hacia adelante, como si los recuerdos lo empujaran a continuar. —Sí, ella siempre hablaba de cómo Benito había sido una guía en sus momentos más difíciles. Era alguien en quien confiaba, y aunque ella no se inclinaba tanto hacia la religión, valoraba la calma y el consuelo que Benito le ofrecía. Él la ayudó a encontrar algo de paz en medio del caos. Supongo que, en parte, estoy buscando eso ahora. —

Rodolfo, con su habitual tono pragmático, se encogió de hombros. —Bueno, sí fue capaz de ayudar a tu madre, tal vez pueda ayudarte a ti. Pero no olvidemos que no estamos aquí solo por Benito. También está el chamán ratón, esa aparición sobrenatural de la que tanto hemos escuchado. Se dice que puede ver el futuro, y en tiempos como estos, no estaría mal saber qué nos espera. —

—Un chamán que ve el futuro... —musitó Simón, como si esa idea le causara una mezcla de fascinación y duda—. Es curioso. Mi madre nunca mencionó nada sobre él, pero supongo que hay cosas que uno no descubre hasta que es el momento adecuado. —

Baltasar, siempre el más filosófico, ajustó sus lentes diminutos y sonrió. —El chamán es una figura legendaria entre los nuestros. Es probable que tu madre supiera de él, pero no todos los ratones están preparados para buscar respuestas en el futuro. Algunos prefieren vivir en el presente, y tal vez tu madre, con todo lo que había pasado, no se sintiera lista para enfrentarse a lo que podría haber visto. Pero tú, Simón... tú has recorrido un largo camino, y tal vez ahora estés preparado para entender lo que el futuro puede depararte. —

Simón caminaba en silencio, sintiendo el peso de las palabras de Baltasar. No podía evitar pensar en su madre, en cómo ella había luchado por mantenerlo a salvo, en cómo había encontrado en Benito una especie de refugio espiritual. Y ahora, aquí estaba él, siguiendo los pasos que ella había trazado, buscando respuestas en un mundo que parecía desmoronarse a su alrededor.

—Sea lo que sea lo que Benito tenga que decirme, estoy dispuesto a escucharlo —dijo Simón, con una determinación que no había mostrado antes—. Mi madre confiaba en él, y si él puede ofrecerme algún tipo de claridad en medio de este caos, entonces vale la pena el esfuerzo. —

Rodolfo, siempre escéptico, rió suavemente. —Supongo que no tenemos mucho que perder. En el peor de los casos, saldremos con las mismas preguntas que trajimos, pero en el mejor de los casos... tal vez encontremos respuestas. Y si el chamán tiene razón, tal vez incluso podamos adelantarnos a lo que está por venir. —

Baltasar asintió, con una sonrisa enigmática. —Eso es lo que siempre buscamos, ¿no? Una ventaja en medio del caos. Los humanos se debaten en su propio colapso, mientras nosotros, los ratones, encontramos maneras de prosperar en las grietas que dejan. Si podemos ver lo que está por venir, podremos estar un paso adelante, siempre invisibles, siempre presentes. —

Simón, con la mirada fija en la calle oscura que tenían por delante, sintió que su viaje no era solo por él, sino también por su madre. Estaba siguiendo sus pasos, buscando las respuestas que tal vez ella nunca tuvo tiempo de encontrar. Y ahora, con Benito y el chamán por delante, tal vez finalmente podría descubrir lo que había estado buscando desde que dejó la isla.

—Sea lo que sea lo que encontremos, al menos sabremos que seguimos adelante —dijo Simón, con una voz firme—. Porque al final, como siempre, los que sobreviven son los que se adaptan. Y eso, amigos, es lo que siempre hemos hecho. —

Y así, los tres ratones continuaron su camino por las calles oscuras, conscientes de que, mientras los humanos seguían hundidos en sus propios problemas, ellos estaban en busca de algo más.

Al final de la calle, envuelta en las sombras, lo encontraron. Benito, un ratón de pelaje ajado por el tiempo, un gris que alguna vez fue vibrante, ahora moteado por los años. Pero sus ojos, esos ojos profundos y negros, parecían mirar más allá de lo que el resto de los mortales podía ver. Era como si, al fijarse en ellos, uno pudiera perderse en un abismo de sabiduría oculta. Sus movimientos eran lentos, casi ceremoniales, y cada paso que daba parecía estar calculado, como si el peso de la vida misma lo arrastrara. Vivía sus últimos días en una cueva oculta, una morada improvisada, llena de artefactos religiosos que colgaban de las paredes como testigos mudos de una devoción que había resistido el paso del tiempo.

El aire dentro de la cueva estaba impregnado con el aroma a cera derretida de las velas desgastadas, que parecían haberse consumido por el paso de décadas más que de días. Un pequeño altar improvisado se alzaba en un rincón, lleno de figuras de madera corroída y cruces de metal oxidado, símbolos de una fe que Benito seguía practicando a pesar de que el mundo a su alrededor parecía derrumbarse. Velas apagadas, algunas a punto de morir, daban testimonio de oraciones silenciosas que quizás nunca serían respondidas.

—Simón —dijo Benito, con una voz profunda y cargada de nostalgia—, ¿cómo está tu madre? No sabes cuánto la extraño. Era una ratona especial, llena de una fuerza que pocos entendían. Recuerdo cada conversación que tuvimos, cada momento en que su mirada se encontraba con la mía, como si el tiempo se detuviera solo para que pudiéramos compartir el dolor y la esperanza. —

Simón sintió un nudo en la garganta, pero asintió en silencio. Sabía que Benito estaba demasiado conectado al pasado para comprender que su madre ya no caminaba entre ellos. Pero tal vez era mejor así, que siguiera creyendo que ella aún vivía, como una sombra que lo acompañaba en esos días de soledad.

—Venid —dijo Benito, con esfuerzo, moviéndose lentamente hacia la salida de la cueva—. Hay alguien que tenéis que conocer. Un ser que puede mostraros lo que está por venir, alguien que ha visto más que nosotros. —

Los tres ratones lo siguieron, respetando su ritmo, conscientes de que la edad y los recuerdos pesaban tanto como sus propios cuerpos. Benito los llevó a través de un camino estrecho, entre raíces y piedras que parecían haberse movido con el tiempo, como si la tierra misma conspirara para ocultar lo que estaba por venir.

Cuando llegaron al final del sendero, lo vieron: el chamán. Un ratón diminuto, tan pequeño que parecía casi invisible bajo la penumbra de la cueva donde habitaba. Su pelaje, antaño blanco, era ahora una maraña de gris oscuro, y sus ojos estaban velados por la edad, pero en su mirada se percibía algo más profundo. No era solo la debilidad del tiempo lo que lo hacía parecer tan frágil, sino la sabiduría acumulada, la vida extendida más allá de lo que un ratón debería vivir. Tenía el doble de la edad natural de ellos, o al menos eso parecía. Era una figura mística, sobrenatural. Parecía estar hecho de la misma materia que los sueños, y cuando habló, su voz sonó como un eco distante, como si viniera desde otro plano de existencia.

—He estado esperando vuestra llegada —dijo el chamán, con una voz que parecía susurrar entre las grietas del tiempo—. El futuro ya está escrito, pero solo aquellos que saben dónde mirar pueden verlo con claridad. Vosotros, hijos de la oscuridad y la resistencia, habéis venido a buscar respuestas, pero las respuestas no siempre son lo que esperáis. —

Los tres ratones lo miraron en silencio, atrapados por la presencia del chamán. Su figura, pequeña y frágil, irradiaba una fuerza que era imposible de ignorar. Simón sintió que estaba ante algo más grande que él, algo que no podía comprender del todo. El chamán, con sus patas temblorosas, comenzó a dibujar símbolos en el suelo con una delicadeza que desafiaba su edad.

—El mundo humano —continuó el chamán, sin mirarlos directamente—, está en su ocaso. Los poderosos creen que controlan el destino, pero están equivocados. Ellos son ciegos, atrapados en sus propias ambiciones. El caos está por venir, y nosotros, los invisibles, seremos testigos de su caída. —

Rodolfo frunció el ceño. —¿Entonces está predicho que todo se derrumbará? ¿Que no hay esperanza para ellos?

El chamán levantó la cabeza lentamente, sus ojos velados encontrando los de Rodolfo. — No es cuestión de esperanza. Es cuestión de ciclos. Todo lo que nace debe morir, y en esa muerte, algo nuevo surgirá. Pero los humanos han perdido su conexión con la naturaleza, con lo que realmente importa. Y por eso caerán. El poder que tanto ansían es efímero, y mientras ellos se hunden en sus mentiras, nosotros, los ratones, prosperaremos en las ruinas que dejarán. —

Baltasar, siempre astuto, inclinó la cabeza. —¿Entonces, nos quedamos a observar? ¿Aprovechamos el caos para tomar lo que ellos dejan atrás?

—Sí —respondió el chamán, con una sonrisa enigmática—. Pero también debemos ser cautelosos. El caos no es fácil de navegar. Habrá peligros, tanto para ellos como para nosotros. Pero en ese caos, en esa destrucción, es donde florecemos. Porque mientras ellos luchan por mantener un control que nunca tuvieron, nosotros encontramos nuestras oportunidades en lo que otros ven como ruinas. —

Simón sintió un escalofrío recorrer su cuerpo. Sabía que el chamán tenía razón. El futuro de la isla, y quizás del mundo humano, estaba en decadencia. Pero los ratones, esos seres invisibles y resistentes, seguirían avanzando, adaptándose, mientras todo lo demás se desmoronaba.

—La verdadera pregunta —dijo el chamán, con un último susurro—, no es qué pasará con ellos. Es qué haréis vosotros cuando el mundo que conocéis desaparezca. ¿Seréis capaces de sobrevivir en la sombra de su caída, o seréis arrastrados con ellos?

El chamán se quedó en silencio por un momento, como si estuviera contemplando el vasto horizonte del tiempo. Sus ojos velados, aunque parecían perdidos en la penumbra, destilaban una extraña sabiduría, una certeza que solo aquellos que han visto más allá de lo visible pueden tener. Simón, Rodolfo y

Baltasar lo observaban con atención, sabiendo que lo que vendría a continuación no sería fácil de digerir.

—Escucha, Simón —dijo el chamán, con una voz que resonaba en los rincones oscuros de la cueva—. Encontrarás a tus hermanos, tal como has deseado, pero cuando lo hagas, tu tiempo en este mundo llegará a su fin. La vida es un ciclo, y el destino te ha traído hasta aquí para cerrar uno. No temas la partida, porque en el final también hay paz. —

Simón sintió un nudo en el pecho. El peso de esas palabras lo envolvió, pero sabía que el chamán no hablaba con crueldad, sino con una resignación casi poética, como si la muerte fuera simplemente otro paso en el camino. Encontraría a sus hermanos, sí, pero después de eso, la oscuridad lo reclamaría.

—¿Y la isla? —preguntó Rodolfo, con un tono más firme, intentando desviar la conversación de lo personal a lo colectivo—. ¿Qué será de este lugar, de su gente?

El chamán inclinó la cabeza lentamente, como si ya hubiera previsto esa pregunta. — El destino de la isla está escrito en la corrupción de su propia gente. A pesar de los vientos de cambio, de la ilusión que trae la juventud de un nuevo candidato, el partido en el poder prevalecerá. Godzilla revalidará su lugar, y los mismos líderes corruptos seguirán legislando, como sombras que se niegan a desvanecerse. Los muertos, los desaparecidos, aquellos que ya no caminan entre los vivos, serán quienes decidan las elecciones. En las urnas, no es el voto del pueblo lo que importa, sino el fantasma de lo que fue, manipulando el destino de los que aún permanecen aquí. —

Baltasar, siempre el más cínico, chasqueó la lengua. —Es la misma historia de siempre, ¿no? Los poderosos mantienen el control, los muertos votan y los vivos se quedan atrapados en el ciclo. Y la gente sigue creyendo que algo va a cambiar.

—Nada cambiará —afirmó el chamán—. La calidad de vida no mejorará. El éxodo de los humanos aumentará, y aquellos que tengan la posibilidad de huir, lo harán. Buscarán tierras donde puedan sobrevivir, dejando atrás una isla que ya no les pertenece. Al final, este lugar se convertirá en la égida más grande del Caribe, un refugio para los ancianos, los olvidados. Kilómetros y kilómetros de terreno que alguna vez fueron prósperos, ahora serán solo asilo para los que no tienen adónde más ir. —

Simón bajó la mirada. Sabía que el éxodo ya había comenzado, lo había visto en sus viajes. Familias enteras huyendo, dejando atrás sus hogares, sus historias, en busca de algo mejor. Pero escuchar que esa tendencia no haría más que aumentar le dejaba un sabor amargo.

—Y mientras los humanos se van... —comenzó Rodolfo, sin terminar la frase, esperando que el chamán la completara.

El chamán levantó una de sus frágiles patas y trazó un círculo en el suelo, como un símbolo del ciclo eterno. —Mientras los humanos se van, los ratones prosperarán. La debacle final de la isla no será solo el ocaso de los humanos, sino el amanecer del ratón. El colapso del orden humano representará nuestro triunfo, el momento en que, finalmente, aquellos que siempre han vivido en las sombras tomen el control de lo que queda. Ellos se destruirán a sí mismos con su codicia y su ceguera, y nosotros... nosotros tomaremos lo que siempre ha sido nuestro: las ruinas de su civilización. —

Baltasar sonrió, complacido con la predicción. —Así que al final, seremos nosotros los que prevalezcamos. La historia humana ha sido larga, pero siempre ha estado marcada por la autodestrucción. Mientras ellos caen, nosotros seguimos adaptándonos, invisibles, esperando nuestro momento. —

El chamán asintió con un leve movimiento de cabeza. —Exactamente. El caos humano será la base sobre la que construiremos nuestra propia sociedad. Ellos habrán olvidado cómo vivir en equilibrio con la naturaleza, pero nosotros, los ratones, siempre hemos sabido cómo prosperar en lo que ellos consideran destrucción. —

Simón, aunque atrapado por el destino que el chamán había trazado para él, no pudo evitar sentir un rayo de esperanza en medio de tanta oscuridad. Sabía que su tiempo en este mundo era limitado, pero también sabía que los suyos, los invisibles, los resilientes, encontrarían su lugar en las ruinas de la civilización humana.

—Entonces, todo lo que ha sido... caerá —murmuró Simón, más para sí mismo que para los demás—. Pero de esa caída, algo nuevo surgirá. Algo que no esté marcado por la avaricia ni por la ceguera de los poderosos.

—Así es, Simón —respondió el chamán, con una voz que parecía desvanecerse junto con él en las sombras—. El ciclo se cerrará, y los que siempre han sido ignorados serán los que finalmente dominen. Los humanos nunca entendieron su fragilidad, pero nosotros, los que vivimos en los márgenes, hemos esperado pacientemente. Y ahora, el futuro nos pertenece. —

Con esas palabras, el chamán retrocedió en la penumbra de su cueva, desvaneciéndose entre las sombras como si nunca hubiera estado allí. Simón, Rodolfo y Baltasar quedaron en silencio, procesando las predicciones del anciano ratón. Sabían que lo que venía no sería fácil, pero también sabían que estaban listos para enfrentarlo.

Simón, con la mirada fija en el horizonte de su destino, sintió que la isla misma estaba susurrando su despedida. Y aunque su final se acercaba, la victoria de su especie ya estaba escrita en las estrellas.

Mientras el chamán se desvanecía en la oscuridad, Benito se quedó en silencio, como si las palabras del anciano ratón hubieran calado profundamente en su mente. Después de un largo momento, Benito levantó la cabeza, sus ojos oscuros aún llenos de la sabiduría que el tiempo le había otorgado.

—Las predicciones del chamán son claras —dijo Benito, su voz temblorosa pero cargada de certeza—. Lo que viene no es solo el colapso de los humanos, sino nuestro renacimiento. Hemos vivido en las sombras durante tanto tiempo que, finalmente, el mundo se volcará a nuestro favor. Lo que ellos llaman destrucción, para nosotros es una oportunidad. —

Simón asintió, aunque en su interior aún sentía el peso de su propio destino. Sabía que su tiempo era limitado, pero también entendía que lo que estaba por venir sería un cambio irreversible, una inversión del orden que los humanos habían mantenido durante siglos.

—Lo que no entiendo —dijo Rodolfo, frunciendo el ceño—, es cómo los humanos siguen cayendo en las mismas trampas. Se dejan manipular por la mentira, por el miedo al cuco, al comunismo, como si esas palabras vacías fueran suficientes para controlar sus mentes. Los que están en el poder saben perfectamente cómo usar el miedo para mantener a la gente sumisa. —

Baltasar rió suavemente, pero su risa estaba cargada de amargura. —Es que los humanos han vivido siempre con miedo. Miedo a perder lo poco que tienen, miedo al cambio. Es más fácil manipular a una población cuando está aterrada. Les repiten esas mismas mentiras una y otra vez, y ellos las aceptan porque no conocen otra cosa. Es el lema de campaña de los que están en el poder: mantener el miedo vivo, para que nadie se atreva a soñar con algo diferente. —

—Quizás son humanos viejos y decadentes —añadió Benito, moviendo su cabeza lentamente—. Vienen de otra época, de tiempos en los que hacer lo mismo una y otra vez era lo único que conocían. Han sido entrenados para obedecer, para no cuestionar. No pueden cambiar sus hábitos, porque el cambio es aterrador para ellos. Siguen votando por aquellos que los maltratan, porque creen que cualquier otra opción es peor. —

Simón, observando las palabras de Benito, no pudo evitar pensar en los humanos que había conocido a lo largo de su vida. Había visto cómo se aferraban al pasado, a sus miedos, a sus costumbres, incapaces de ver que el mundo estaba cambiando a su alrededor. Incluso la juventud, que había intentado empujar hacia un futuro diferente, había sido ahogada por la ola de conservadurismo y miedo.

—El problema —dijo Rodolfo, con un tono más serio— es que el empuje de la poca juventud que queda en la isla no puede detener la ola de pendejos que vienen a votar por el mismo gobierno que los ha maltratado durante años. Es un ciclo sin fin. Están tan atrapados en sus propias mentiras que no ven cómo se están hundiendo. —

Baltasar asintió, con una sonrisa sarcástica en los labios. —Sí, es como si disfrutaran de su propio sufrimiento. Votan por los mismos que les han reducido la calidad de vida, que les han robado el futuro, y luego se quejan cuando nada cambia. Pero ¿qué esperaban? Están atrapados en un círculo de autodestrucción, y no pueden salir de él. —

Benito, cada vez más fatigado por la conversación, suspiró profundamente. —Es el destino de los humanos, me temo. No saben cómo romper con su pasado. Y mientras sigan así, nosotros encontraremos la manera de prosperar. No es que seamos mejores, simplemente sabemos cómo adaptarnos a sus errores. Mientras ellos se hunden, nosotros avanzamos. —

Simón miró a Benito, sabiendo que esas palabras eran más que una reflexión, eran una despedida. Benito ya no tenía la fuerza para seguir con ellos, para continuar la travesía hacia el próximo sector. El viejo ratón estaba agotado, no solo por los años, sino por la carga de haber visto demasiado, de haber sobrevivido a demasiados ciclos de decadencia.

—No puedo seguir con vosotros, amigos —dijo Benito, su voz temblorosa pero llena de sinceridad—. Mi tiempo aquí está llegando a su fin. Pero veo en vosotros la fuerza que necesitaréis para lo que viene. El futuro inmediato será espléndido para nuestra especie, aunque sea detrimental para los humanos. Os deseo buena suerte en el camino que tenéis por delante. —

Simón, con un nudo en la garganta, dio un paso adelante y tocó ligeramente el hombro de Benito con su pata. —Gracias por todo, Benito. Nunca olvidaré lo que has hecho por mi madre, ni lo que has hecho por mí. —

—Vete en paz, Simón —respondió Benito, con una sonrisa cansada—. Tu madre estaría orgullosa de ti. Y cuando llegue el momento de tu partida, lo harás sabiendo que cumpliste tu destino. —

Rodolfo y Baltasar también se acercaron a despedirse, inclinando sus cabezas en señal de respeto. Sabían que Benito ya no era el ratón fuerte que había sido en su juventud, pero su sabiduría y su serenidad eran un legado que quedaría con ellos.

—Cuidado con las sombras, amigos —dijo Benito, mientras los observaba alejarse—. Porque, aunque seamos hijos de la oscuridad, a veces las sombras también pueden engañar. —

Con esas palabras resonando en sus mentes, Simón, Rodolfo y Baltasar continuaron su camino, dejando atrás a Benito, sabiendo que probablemente nunca lo volverían a ver. Pero en sus corazones llevaban la certeza de que estaban listos para enfrentar lo que viniera. Los humanos seguían cayendo en sus propias trampas, pero ellos, los invisibles, seguían avanzando hacia un futuro que ya estaba escrito en las ruinas de la civilización.

En la cueva más profunda,
donde ni el eco se atreve a viajar,
el silencio es tan denso como la noche.
Es allí donde los ratones se reúnen,
lejos de las luces, lejos del caos.

Aquí el mundo es simple,
un rincón donde la vida es solo vida.
No hay promesas de grandeza,
solo el latido constante de la supervivencia.
Los humanos corren tras sus sueños,
pero los ratones ya han comprendido
que la verdadera victoria no es el triunfo,
sino el refugio.

Bajo la ciudad, donde nadie mira,
se teje la historia de los que siempre han estado,
los que ven sin ser vistos,

los que escuchan sin ser escuchados.
El último refugio es el más verdadero,
porque no espera la gloria,
solo la calma del que ha sabido esconderse del
tiempo.

VIII

Al entrar en el sector que tanto habían buscado desde el principio, Simón, Rodolfo y Baltasar se toparon con un ambiente cargado de familiaridad. Había algo en el aire, en las vibraciones que emanaban de cada rincón, que les hacía sentir que estaban en casa, aunque no fuera del todo su hogar. Era la conexión, invisible pero palpable, de las feromonas familiares que flotaban entre ellos. Muchos de los ratones que se cruzaban en su camino compartían ese rastro, esa marca genética que, aunque no siempre directa, indicaba un parentesco lejano.

—Aquí se siente diferente —comentó Simón, olfateando el aire con atención—. Es como si cada uno de estos ratones llevara una parte de nuestra historia. Es curioso cómo, a pesar de que la descendencia en nuestra especie puede ser esporádica, siempre hay algo que nos conecta. Somos una gran red, hilada por los encuentros accidentales de nuestros padres y abuelos. —

Baltasar, ajustando sus lentes como siempre, asintió con una sonrisa. —Es la naturaleza de nuestra especie. No hay líneas familiares rígidas. Nuestros machos copulan sin ataduras, creando una red familiar tan amplia como el territorio que ocupamos. Pero esa misma dispersión es lo que nos hace fuertes. Porque donde hay sangre compartida, hay lealtad. —

En el aire, sin embargo, había algo más que la familiaridad genética. El exaltamiento entre los ratones era evidente. Las elecciones humanas, tanto en la isla como en el continente, estaban a la vuelta de la esquina, y la tensión se sentía en cada rincón. Los ratones, que vivían en las sombras del caos humano, sabían que lo que ocurriera en esos comicios tendría un impacto en sus propias vidas.

—Parece que no solo aquí hay agitación — dijo Rodolfo, observando a los ratones que corrían de un lado a otro, nerviosos—. En el continente, también están peleando sus batallas. Me dijeron que hay una campaña campal para evitar elegir a un candidato que parece una calabaza con pelo de muñeca de Pitusa. ¿Pueden imaginarlo? Un fascista, igual que el responsable del holocausto judío del siglo pasado. —

Simón frunció el ceño, mientras caminaban por las callejuelas del sector. —Es increíble cómo la historia se repite. Pensábamos que lo habíamos dejado atrás, pero ahí están, luchando de nuevo contra esos fantasmas del pasado. —

Baltasar, con su usual cinismo, comentó: —Sí, pero esta vez es diferente. Del otro lado está una candidata que lleva en su sangre la historia de la resistencia. Negra e india, una mezcla que el continente aún no está listo para aceptar. Es como si fueran dos mundos diferentes, peleando por el mismo trono, y ninguno de los dos entiende del todo lo que está en juego. El chamán lo dijo: una mujer tomará las riendas tanto en el continente como aquí en la isla, ordenándolo todo, o al menos intentándolo. —

Simón asintió, recordando las palabras del chamán. Una mujer en el poder. En ambos territorios. El destino parecía moverse en ciclos, y aunque los humanos lucharan por mantener el control, algo más profundo estaba ocurriendo.

—Y aquí, en la isla —añadió Rodolfo, con una sonrisa amarga—, el enfrascamiento es a muerte. El partido en el poder sigue pidiendo la anexión permanente con el continente, como si fuera una solución mágica para todos sus problemas. Pero hasta el más ciego sabe que los del continente nunca les darán la dichosa estadidad. ¿Quién querría aceptar como estado una isla en bancarrota, donde más de la mitad de la población depende de las migajas que envían desde allá?

Simón rió suavemente. —Es cierto. Nadie quiere comprar un carro que no sirve ni tiene arreglo. Pero lo más triste es que una tercera parte del pueblo sigue fiel a su partido, aferrados a la esperanza de que las cosas cambiarán, cuando todos sabemos que no lo harán.

—Es un ciclo de autodestrucción —dijo Baltasar, ajustando sus lentes nuevamente—. Dos terceras partes del pueblo están desorganizadas, divididas en cinco partidos diferentes, todos pidiendo lo mismo, pero desde trincheras distintas. Al final, esa sólida tercera parte de los votantes, que realmente representa solo una quinta parte de la población total, tomará el control del gobierno y sus 168 agencias. Todo para servirse a sí mismos, no al pueblo. —

El silencio que siguió a esas palabras fue pesado, cargado de resignación. Los ratones sabían que lo que decían era cierto. Los humanos estaban atrapados en un ciclo que no podían romper, y mientras tanto, ellos, los invisibles, los observadores silenciosos de su decadencia prosperaban en las grietas que ese sistema corrupto dejaba atrás.

—Es curioso cómo se repiten las mismas historias —dijo Simón, con la mirada perdida en el horizonte—. En el continente, luchan contra un fascista con sueños de grandeza, mientras aquí, en la isla, los mismos corruptos se aferran al poder con promesas vacías. Y, sin embargo, el pueblo sigue creyendo que algo cambiará. —

—El miedo es poderoso —respondió Baltasar, su voz grave—. Le han vendido el miedo al cambio, al comunismo, al cuco de siempre. Y mientras ese miedo siga vivo, los mismos seguirán en el poder, alimentándose de la desesperanza de los demás. —

Rodolfo, siempre más práctico, sonrió. — Pero al final, todo se derrumbará. Los humanos no pueden mantener este juego para siempre. Y cuando eso ocurra, nosotros estaremos aquí, listos para tomar lo que dejen atrás. Como siempre lo hemos hecho. —

Simón, aunque sabía que las palabras de Rodolfo eran ciertas, no pudo evitar sentir una leve tristeza. El colapso de los humanos era inevitable, pero también lo era su propia despedida. Encontraría a sus hermanos, como el chamán había predicho, pero después de eso, su tiempo en este mundo llegaría a su fin.

—Lo importante es que cuando llegue ese momento, estemos listos —dijo Simón finalmente—. Porque, aunque su mundo caiga, el nuestro seguirá. Y en las sombras, seremos los que prevalezcan. —

Los tres ratones continuaron su camino, sintiendo que cada paso los acercaba más a la verdad de lo que vendría. Las elecciones, las luchas de poder, todo parecía irrelevante comparado con la certeza de que ellos, los invisibles, seguirían existiendo cuando todo lo demás se desmoronara.

Algo estaba cambiando en el mundo, y lo hacía a pasos agigantados, con una furia silenciosa que afectaba tanto a humanos como a animales. El planeta estaba ardiendo, su temperatura subiendo como una olla a presión que amenazaba con explotar en cualquier momento. Los veranos se hacían interminables, con temperaturas infernales que hacían que las criaturas encuevadas, como los ratones y otros roedores, se vieran forzadas a salir para no morir sofocadas en las profundidades de sus hábitats.

—Es curioso cómo todo está conectado —murmuró Simón, mientras observaba a lo lejos el resplandor del sol, que parecía más cercano y feroz que nunca—. Mientras los humanos siguen destruyendo la naturaleza, el propio planeta les está cobrando la factura. El calor no tiene compasión. —

Rodolfo, siempre el pragmático, asintió. —Sí, en muchas partes del mundo, los animales ya no pueden refugiarse en sus cuevas. El calor es tan intenso que los obliga a salir, buscando sombra bajo los árboles o entre las estructuras abandonadas por los humanos. Es irónico, ¿no? Los mismos que están provocando esta destrucción ahora también están sufriendo las consecuencias. —

Pero, por suerte para los ratones de la capital, esa sofocante realidad parecía distante. En las alcantarillas, las cuevas artificiales y los sótanos de las viviendas, la temperatura se mantenía agradable, aclimatada de forma natural por las estructuras humanas que habían creado un refugio inadvertido para aquellos que vivían bajo tierra. Mientras el mundo exterior se derretía, las sombras y los rincones oscuros de la ciudad permanecían frescos, protegidos del calor asfixiante que asolaba la superficie.

—Nosotros, los ratones de la capital, hemos encontrado nuestro refugio entre las ruinas de lo que ellos mismos han construido —dijo Baltasar, con una sonrisa sarcástica—. Las alcantarillas, los sótanos... todo ha sido diseñado sin tenernos en cuenta, pero ahora, esas estructuras nos protegen de la furia del planeta. Ironías de la vida, ¿no? —

Simón asintió en silencio, pensando en las criaturas que no habían tenido tanta suerte. Los halcones, por ejemplo, cuyas poblaciones estaban disminuyendo a medida que su hábitat natural se destruía. Con menos halcones, los cielos se habían vuelto menos peligrosos para los roedores. La caza había disminuido, y la población de ratones había comenzado a aumentar. El propio calentamiento global, esa fuerza devastadora que amenazaba con destruir la vida tal como la conocían, se estaba convirtiendo en un aliado inesperado para los ratones.

—El calentamiento del planeta está cambiando todo —comentó Rodolfo, mientras caminaban entre las sombras—. Las migraciones animales están trastocando los ecosistemas. Los animales que antes cazaban a nuestros hermanos ahora se ven obligados a migrar hacia las islas aledañas o perecer en el calor. Con menos depredadores, nuestra población está creciendo. Es como si el caos de los humanos y su destrucción nos estuviera favoreciendo. —

Baltasar, siempre el más agudo en sus observaciones, añadió: —Es gracioso cómo, mientras ellos se preocupan por sus elecciones y sus batallas políticas, el mundo natural sigue su curso, indiferente a sus luchas. Mientras talan bosques y contaminan los ríos, se están condenando a sí mismos. Y nosotros, los invisibles, aprovechamos cada grieta en su sistema, cada error que cometen en su arrogancia. El calor nos afecta, sí, pero no de la manera en que ellos lo sufren. —

Simón levantó la mirada hacia el cielo, que parecía arder bajo el sol inclemente. —El propio planeta está diciendo basta —murmuró, más para sí mismo que para los demás—. Está rechazando la codicia, la explotación. Y aunque los humanos sigan ignorando las señales, nosotros, los que vivimos en las sombras, lo entendemos. Sabemos que la naturaleza tiene una forma de equilibrar las cosas, y cuando los poderosos finalmente caigan, nosotros estaremos aquí, listos para continuar. —

Rodolfo rió suavemente. —Sí, el planeta se está calentando, pero en medio de esa destrucción, nosotros prosperamos. Menos halcones significa menos amenazas para nosotros. Menos competencia. Mientras el mundo se derrite, los humanos luchan por mantener el control, pero están perdiendo la batalla. Y nosotros, en el silencio de las alcantarillas, en las grietas de las ciudades, seguimos adelante, adaptándonos. —

Baltasar, con su habitual astucia, concluyó: —Al final, lo que parece una tragedia para

ellos se convierte en una ventaja para nosotros. Su mundo está colapsando bajo el peso
de sus propias decisiones, mientras el nuestro, aunque pequeño, sigue creciendo. Y así,
mientras el planeta arde, los ratones prospe-
ran. —

El sol seguía ardiendo en el horizonte, pero
en las sombras, en las cavidades subterrá-
neas, los ratones observaban el colapso con
ojos atentos. Sabían que el mundo estaba

cambiando, y que, aunque ese cambio fuera
devastador para los humanos, para ellos era
solo una oportunidad más. Mientras el calor
consumía lo que quedaba de los viejos sistemas, los ratones, invisibles, pero siempre
presentes, seguían avanzando en las grietas
que el caos dejaba atrás.

Mientras la vida seguía su curso y el planeta
se calentaba bajo el implacable sol, había
algo más que pasaba desapercibido para
muchos, un enemigo silencioso que avanzaba sin que los humanos se percataran
completamente: la escasez de agua dulce. El
agua, ese recurso esencial para la vida, se estaba convirtiendo en un bien cada vez más
limitado, y los humanos, en su ceguera,

apenas comenzaban a darse cuenta de la magnitud del problema.

—Es extraño, ¿no? —comentó Simón, mientras caminaban por las sombras frescas de las alcantarillas—. El agua es lo más esencial, pero siempre ha estado ahí, como algo que damos por sentado. Y ahora que empieza a escasear, los humanos apenas se están dando cuenta de lo grave que es la situación. —

Rodolfo, siempre el más pragmático, frunció el ceño. —Es que el agua dulce en el planeta es ridículamente escasa. Solo representa el 2.5% de toda el agua en la Tierra, y de esa cantidad, dos terceras partes están congeladas en glaciares y casquetes polares. Solo alrededor del 1% del agua dulce está disponible en ríos, lagos y acuíferos subterráneos para el uso humano. Y ahora, con el calor, incluso esa pequeña cantidad está comenzando a desaparecer. —

Baltasar, con su característico tono sarcástico, agregó: —El problema es que los humanos siempre han actuado como si el agua fuera infinita. Han contaminado sus ríos, desperdiciado sus lagos y drenado sus acuíferos como si nunca se fueran a acabar. Y ahora, cuando el planeta les muestra lo contrario, se encuentran en una situación desesperada. Entre el calor abrasador y la ausencia de agua potable, su subsistencia está en peligro. —

—Pero nosotros no tenemos ese problema —dijo Simón, con una ligera sonrisa—. Los ratones apenas necesitamos agua para sobrevivir. Tres mililitros al día es todo lo que consumimos, y a menudo ni siquiera necesitamos beberla directamente; obtenemos la mayor parte de la humedad que necesitamos de los alimentos que consumimos. Mientras ellos se desesperan por el agua, nosotros seguimos adelante, adaptándonos como siempre. —

Rodolfo asintió, mientras una pequeña gota de agua goteaba desde una tubería rota sobre sus cabezas. —Para nosotros, las grietas y los sistemas de alcantarillado nos proveen suficiente humedad. Pero los humanos... ellos no pueden vivir sin agua potable. Y ahora, están comenzando a ver las consecuencias de su propia negligencia. —

El silencio que siguió fue pesado, cargado de la realidad de un planeta que se desmoronaba lentamente bajo el peso de la codicia humana. Los ríos se estaban secando, los lagos se evaporaban, y los acuíferos subterráneos, aquellos depósitos ocultos de agua que los humanos habían explotado durante siglos, comenzaban a agotarse.

—El problema es que el agua no solo es esencial para la vida, sino también para su economía —añadió Baltasar, con una mirada calculadora—. Sin agua, no pueden cultivar alimentos, no pueden generar energía, no pueden mantener sus ciudades. El colapso del agua es el colapso de su civilización. Y ahora que se dan cuenta, es demasiado tarde. —

—Es curioso cómo todo lo que los humanos han construido está ahora destruyéndolos —murmuró Simón—. Han contaminado sus propias fuentes de vida, y ahora están pagando el precio. Mientras ellos luchan por el control del agua, nosotros seguimos aquí, escondidos en sus sistemas, aprovechando lo que ellos no ven. —

Rodolfo rió suavemente, pero había un tono de amargura en su risa. —Ellos siempre han creído que podían controlar todo. El agua, la naturaleza, el clima... pero ahora el planeta está respondiendo. Y nosotros, los que siempre hemos vivido en las sombras, nos beneficiamos de sus errores. —

Baltasar, siempre el más filosófico, concluyó: —El agua es vida, dicen los humanos. Pero mientras ellos siguen malgastando esa vida, nosotros la encontramos en los rincones que ellos descuidan. El mundo está cambiando, y nosotros, los ratones, somos los que mejor sabemos cómo sobrevivir en ese cambio. Mientras ellos se extinguen, nosotros prosperamos. —

Y así, los tres ratones continuaron su camino, conscientes de que mientras los humanos luchaban por su subsistencia, ellos, los invisibles habitantes de las sombras seguirían encontrando la forma de sobrevivir en un planeta que se estaba quedando sin agua. Sabían que el futuro pertenecía a aquellos que sabían adaptarse, y en ese sentido, los ratones siempre habían estado un paso adelante.

La historia tomó un rumbo imprevisto cuando el licenciado Baltasar, con sus lentes siempre ajustados y su aire de autoridad murina, recibió una comunicación inesperada. En su camino hacia el sector elegido, le informaron que aún vivía la hermana de la madre de Simón. La vieja tía, enferma y encamada, se encontraba en las últimas de su vida, aferrándose con un hilo invisible a su existencia. La noticia impactó a Simón como un rayo inesperado. No sabía que su tía seguía con vida, y menos aún que su final estaba tan cerca.

—Tenemos que ir —dijo Simón, con la voz cargada de una mezcla de urgencia y tristeza—. No puedo dejar que se vaya sin darle mis últimos respetos.

Rodolfo asintió en silencio, comprendiendo la gravedad del momento. Baltasar, con su acostumbrada precisión, les indicó el camino a seguir. Las sombras de la ciudad parecían alargarse mientras tomaban la rienda del trayecto por otra de las callejuelas de la Fortaleza, esta vez hacia la calle San José, donde la tía de Simón esperaba en su último lecho de vida.

El entorno se volvía más denso a medida que avanzaban. Las piedras gastadas de los adoquines de la ciudad vieja contaban historias de generaciones pasadas, de humanos y animales que habían caminado por esas mismas calles en busca de algo, quizá redención o quizá solo paz. En cada esquina, el eco de los siglos se mezclaba con la brisa húmeda que venía del mar, creando una atmósfera casi fantasmal.

Finalmente, llegaron a la entrada de una cueva humilde, escondida entre las raíces de un árbol que había crecido torcido con el tiempo, como si la tierra misma lo hubiera moldeado para abrazar la morada de la anciana ratona. La cueva estaba rodeada por una calma densa, una tranquilidad que solo se siente cuando el final está cerca. No había flores ni adornos, solo las sombras profundas que caían sobre las paredes de roca natural.

Dentro de la cueva, se encontraba la tía de Simón, recostada en una cama modesta hecha de nido de ratón. Era una cama simple, tejida con pedazos de tela desechada que los humanos habían abandonado. Los colores desvaídos y las texturas ásperas del nido parecían reflejar los años de vida que la vieja ratona había vivido. El aire olía a la humedad del tiempo, mezclado con el leve aroma de los recuerdos lejanos que parecían impregnados en cada rincón de la cueva.

La tía, una figura pequeña y frágil, con un pelaje gris que alguna vez fue brillante, miraba con dificultad hacia los recién llegados. Sus ojos, aunque cansados, aún conservaban un brillo leve, como si el espíritu de la vida se resistiera a desvanecerse por completo. Con cada respiración, su pecho subía y bajaba con esfuerzo, como si el aire fuera un lujo que ya no podía permitirse.

Al oler el aire, sus bigotes temblaron ligeramente, reconociendo de inmediato el rastro familiar. Aunque su vista ya no era lo que solía ser, su olfato la guió. Y en ese momento, con una mezcla de esfuerzo y alivio, pudo identificar a Simón.

—Simón... —susurró con una voz quebrada, débil pero cargada de emoción—. Hijo de mi hermana. Has venido...—

Simón se acercó lentamente, con un nudo en la garganta. Se arrodilló junto a la cama, tocando con suavidad la desgastada pata de su tía. —Sí, tía. He venido a verte... Quería despedirme. —

Los ojos de la vieja ratona se llenaron de lágrimas. Sabía lo que venía. Lo había sentido en su cuerpo frágil durante semanas. Pero antes de irse, necesitaba saber una cosa.

—¿Y…. tu madre? ¿Dónde está? —preguntó con una mezcla de esperanza y resignación, como si ya supiera la respuesta, pero necesitara escucharla de su sobrino.

Simón bajó la mirada, tragando saliva antes de responder. —Falleció, tía. En el continente americano... como tantos otros que se fueron, buscando algo mejor. Pero siempre quiso regresar, siempre hablaba de volver a esta tierra. —

Un silencio pesado llenó la cueva, roto solo por el leve susurro del viento que se colaba por las grietas en la roca. La tía asintió, entendiendo lo que eso significaba. Había sido parte de esa diáspora murina, al igual que tantos humanos. Se iban al continente, pero siempre añoraban regresar, morir en la tierra que los vio nacer. Era un deseo que ni el exilio ni la distancia podían borrar.

—Es curioso, ¿no? —dijo Baltasar en voz baja, reflexionando en ese momento solemne—. Qué será lo que tiene este pedazo de tierra, estas ciento once por treinta y nueve millas, que todo el que nace aquí quiere morir aquí. Humanos y ratones por igual. Se van lejos, pero sus corazones siempre buscan volver. —

Simón levantó la vista, contemplando la cueva que ahora sentía tan íntima, tan familiar. La isla, con su calor sofocante y sus noches húmedas, con sus cielos cargados de estrellas y su historia interminable de lucha, tenía algo que ni el exilio ni la muerte podían arrebatar. Era más que tierra; era un hogar al que todos, de una forma u otra, deseaban regresar.

—Tal vez sea el peso de la historia —murmuró Rodolfo, mientras miraba hacia las paredes de la cueva, cubiertas de musgo y pequeñas marcas que contaban los años—. O tal vez sea el mar, que nos rodea, que nos ata. Pero es cierto... no importa cuántos años vivas fuera, siempre quieres volver a este lugar para el final. —

La tía de Simón, débil pero aún lúcida, suspiró con un leve temblor. —Es porque esta tierra... esta tierra es nuestra. Y aunque estemos lejos, aunque nos vayamos, siempre nos llama. Siempre... siempre queremos volver.

Y con esas palabras la tía expiró, la cueva se llenó de un silencio profundo, mientras los tres ratones observaban a la vieja tía, comprendiendo que, en ese pequeño rincón del mundo, entre las sombras y las piedras frías, se encontraba la esencia de todo lo que ellos, y tantos otros, habían vivido.

IX

Luego de cubrir el frágil cuerpo de la tía con los materiales esenciales de un nido de ratón —tiras de tela desechada, hojas secas y pequeños fragmentos de papel que habían recogido en su trayecto—, Simón, Rodolfo y Baltasar siguieron su camino. La despedida había sido silenciosa, marcada por el respeto a la vida que se apagaba y el reconocimiento del ciclo que siempre continuaba. No hubo más palabras, solo la certeza de que la tía de Simón descansaba ahora en el rincón más íntimo de la tierra que tanto había amado.

El mundo exterior, sin embargo, no compartía esa quietud. Al salir de la cueva, fueron recibidos por el caos que reinaba en la ciudad. Las elecciones generales se acercaban, y la algarabía que envolvía a los humanos llenaba las calles de un frenesí incontrolable. Los gritos, las banderas ondeando, y los altavoces resonaban con promesas vacías de cambios que nunca llegaban. Era como si la ciudad misma hubiera sido sacudida por una tormenta política, pero en lugar de agua y viento, la lluvia era de palabras vacías y promesas incumplidas.

—¿Escuchan eso? —preguntó Rodolfo, deteniéndose un momento para observar el bullicio a lo lejos—. Es como si cada elección fuera una promesa de caos. Los humanos siempre repiten el mismo ciclo, como si no aprendieran nada. —

—Sí, pero esta vez parece peor —respondió Baltasar, con su habitual sarcasmo—. La desesperación es palpable. Saben que, gane quien gane, nada va a cambiar para ellos. —

Mientras los humanos se sumergían en ese mar de confusión y promesas, los ratones languidecían en sus cuevas, esperando descubrir cuál sería su destino una vez concluyeran los comicios electorales. No les importaba quién ganara en realidad, pero sabían que, de alguna forma, las decisiones humanas siempre acababan afectándolos, aunque fuera de manera indirecta. Vivían en las sombras de los errores humanos, aprovechando las grietas y el caos que dejaban a su paso.

—La ciudad está enloquecida —comentó Simón, mientras avanzaban por las estrechas callejuelas—. Pero, mientras ellos se pelean por el poder, nosotros seguimos aquí, esperando el momento adecuado para actuar. —

A medida que se acercaban al sector final de su recorrido, comenzaron a escuchar rumores de otros ratones con los que se cruzaban en el camino. Hablaban de lo que había sucedido en el Choliseo, un imponente coliseo donde, una semana antes, el partido en el poder había celebrado su última convención antes de las elecciones. Aunque el grupo no había pasado por allí, los relatos de lo que había quedado tras esa celebración llegaban a ellos con lujo de detalles.

—Dicen que el lugar quedó hecho un desastre —murmuró un ratón de pelaje gris que cruzó frente a ellos—. Todo un basurero local, lleno de bolsas rotas, refrescos derramados, bebidas, comida descompuesta... hasta cannabis, polvo blanco y orín en las esquinas. —

—Un verdadero nido de ratones en todo el sentido de la palabra —agregó otro roedor, que los escuchaba desde una alcantarilla cercana—. Nuestros colegas están haciendo una fiesta allí. Es como si hubieran preparado el banquete perfecto para nosotros. —

Simón, Baltasar y Rodolfo intercambiaron miradas. Mientras los humanos vivían en su constante caos, sus errores e indiferencia se convertían en las oportunidades de los ratones. Y ahora, el Choliseo, que debería haber sido un símbolo de poder, se había transformado en un refugio para los invisibles, un festín de basura y desperdicios que los ratones sabían aprovechar mejor que nadie.

—No me sorprende —dijo Baltasar, con una sonrisa torcida—. Lo que para ellos es decadencia, para nosotros es un banquete. —

Durante ese fin de semana, en el Choliseo, se habían congregado todos los "soplapotes" de la isla, esos personajes que consagraban sus vidas al partido en el poder. Buscaban su escaño, no para servir al pueblo, sino para seguir llenando sus arcas con contratos y posiciones que les aseguraran un futuro lleno de privilegios. Buscaban ser elegidos legisladores o jefes de agencia, para disfrutar de los sueldos desmesurados, dietas, autos, choferes y seguridad, todo pagado por el mismo pueblo que sufría bajo su gestión.

—Toda esa patraña de individuos que viven del gobierno —continuó Rodolfo, con un tono de desprecio—. Protegen su fortuna mientras toman decisiones que solo les afectan a ellos. Lo que debería ser un servicio al pueblo se ha convertido en un servicio a sí mismos. Incongruente, pero verdadero. —

Simón, siempre reflexivo, suspiró. —Es lo mismo una y otra vez. Los humanos se enredan en su propia corrupción, y al final, somos nosotros, los que vivimos en las sombras, quienes encontramos una manera de sobrevivir en medio de su desastre. —

Baltasar, ajustándose sus lentes con gesto calculador, añadió: —Es una ironía perfecta. Mientras ellos juegan a ser poderosos, nosotros prosperamos en sus ruinas. Y aunque sigan ignorando la realidad, nosotros, los invisibles, siempre encontramos la forma de sacar provecho. —

Y así, mientras las elecciones se acercaban y los humanos se preparaban para repetir el ciclo de promesas vacías, los ratones continuaron su recorrido hacia el sector final. Sabían que, pasara lo que pasara, siempre habría espacio para ellos en las grietas que el sistema dejaba atrás.

La pregunta flotaba en el aire, inevitable y cruda. Simón, Rodolfo y Baltasar caminaban en silencio, pero en sus mentes resonaba la misma duda, una que parecía haberse enraizado en la vida de la isla durante décadas.

—La pregunta obligada es —dijo Rodolfo, rompiendo el silencio con un tono cargado de ironía—: ¿cuántas veces pueden coger de pendejo, a un pendejo?

Baltasar, siempre rápido para responder, lanzó una sonrisa sarcástica antes de contestar: —La respuesta es una: siempre. Si no, no fuera pendejo. —

Simón, más reflexivo, no pudo evitar asentir. —Es cierto... y eso es lo que sigue perpetuando el régimen del poder. Una legión de pendejos que creen las mismas promesas, una y otra vez. Promesas que ya saben que no se cumplirán, pero que prefieren escuchar porque la verdad es demasiado incómoda para enfrentarla. —

—Es como decía Kafka —interrumpió Baltasar, citando con un toque de sarcasmo—: "Un idiota es un idiota, dos idiotas son dos idiotas, diez mil idiotas son un partido político." Y aquí tenemos más de diez mil. Es el sustento perfecto de este régimen. —

Rodolfo se encogió de hombros. —No puedo culparlos completamente. Han sido entrenados para ser pendejos. Todo en este sistema está diseñado para que el pueblo se sienta dependiente, para que sigan apoyando a los que los hunden, porque les hacen creer que cualquier otra opción sería peor. Y así, el ciclo se repite una y otra vez, generación tras generación. —

Simón caminaba en silencio, observando las sombras que se alargaban frente a ellos. Sabía que sus palabras eran ciertas. En su vida había visto cómo el poder manipulaba a las masas, cómo los que estaban en la cima se alimentaban del miedo y la ignorancia de los demás.

—Es triste —murmuró Simón, finalmente—. Porque si no fueran pendejos, no estaríamos en este ciclo interminable. Pero lo son. Y mientras sigan siéndolo, el poder nunca cambiará de manos. Los que controlan el gobierno siempre encontrarán la manera de mantener el control, y los que sufren, seguirán sufriendo, sin entender que tienen el poder de cambiar su destino. —

—Y así seguirá siendo —añadió Baltasar, ajustándose los lentes—. Siempre habrá alguien dispuesto a creer la mentira, porque la verdad es demasiado dolorosa para enfrentarla. Y mientras tanto, nosotros, los invisibles, seguimos sobreviviendo en los márgenes, esperando a que el sistema se derrumbe sobre sí mismo. —

Rodolfo rió suavemente, aunque en su risa no había alegría. —Es un ciclo perfecto. Mientras los pendejos sigan siendo pendejos, todo seguirá igual. Porque el poder no está interesado en cambiar nada, solo en mantenerse. Y para eso, necesitan a los pendejos. —

Simón sintió una mezcla de frustración y resignación. Sabía que la isla, con su historia de corrupción y promesas vacías, estaba atrapada en ese ciclo, y que los ratones, como siempre, seguían siendo testigos silenciosos de la caída de los poderosos.

—Lo más trágico es que podrían cambiar las cosas —dijo finalmente Simón, con un suspiro—. Pero no lo harán. Porque, como dijiste, Baltasar, siempre habrá alguien dispuesto a ser engañado. Y así, el ciclo continúa, alimentado por la misma ignorancia que los mantiene atrapados.

—Eso es lo que los hace pendejos —concluyó Baltasar, con una sonrisa amarga—. Siempre lo han sido, y siempre lo serán. Porque, al final, un pendejo solo puede ser pendejo. Y mientras lo sigan siendo, el poder nunca dejará de explotarlos. —

Los tres ratones continuaron su camino, sabiendo que el ciclo que veían en los humanos era tan viejo como la isla misma. La corrupción, el miedo, la dependencia: todo formaba parte de una maquinaria bien engrasada que se repetía una y otra vez. Y mientras tanto, ellos, los que vivían en las sombras, seguían observando, esperando el momento en que todo se viniera abajo.

Porque, al final, la isla, como los humanos que la habitaban, estaba atrapada en una trampa de su propia creación, una trampa que solo podría liberarse cuando los pendejos dejaran de serlo. Y eso, lo sabían bien, no iba a suceder pronto.

Algo en el aire, cercano al último sector, había empezado a inquietar a Simón. Mientras se acercaban a la calle del Cristo, una sensación profunda invadió su psique, como si el tiempo mismo comenzara a doblarse y los recuerdos de su pasado se mezclaran con el presente. Era un presentimiento que se había ido consolidando con cada paso, una certeza que lo empujaba a creer que estaba a punto de encontrar a sus hermanos, aquellos que había dejado atrás en su niñez, en su última morada.

El olor agrio a estiércol de paloma proveniente del parque de las palomas invadió su nariz, un aroma fuerte, inconfundible, que lo hizo detenerse por un momento. Ese olor, ese inconfundible hedor, trajo consigo una oleada de recuerdos. Simón cerró los ojos, y de repente, no era el roedor envejecido que recorría las calles de su isla natal, sino un pequeño micromamífero aferrado a la teta de su madre. Recordó cómo se acurrucaba contra ella, sintiendo su calor protector mientras las palomas revoloteaban por el parque. Era el último momento de calma antes de que la realidad los empujara a huir, antes de que su madre decidiera salir despavorida de

la capital, huyendo de la miseria que los aco-
saba.

Era un recuerdo que dolía, uno de esos fragmentos de infancia que nunca se borra. Él
había sido apenas un ratón indefenso, ama-
mantado por una madre desesperada que
había tomado la decisión de emigrar al continente americano en busca de un futuro
mejor. Esa huida, esa necesidad de escapar
de las condiciones deplorables de la isla, era
una cicatriz compartida no solo por los humanos, sino también por los ratones. Su madre se había convertido en parte de la diáspora, esa marea de seres que abandonaba su
tierra natal, buscando en tierras lejanas lo
que aquí se les negaba.

—Es curioso cómo el pasado siempre encuentra la manera de alcanzarnos —murmuró Simón, mientras el olor del parque y el
sonido de las palomas lo envolvían, devol-
viéndolo a ese instante de su niñez.

Rodolfo, caminando junto a él, asintió con
gravedad. —La diáspora... es lo que nos une
a todos. Humanos y ratones. Nos vamos porque no podemos soportar las condiciones,

pero siempre regresamos. Aunque sea para morir. —

—Somos como un ciclo repetido —añadió Baltasar, con su habitual tono mordaz—. Nos vamos huyendo de la miseria, pero no podemos evitar volver a este nido de ratones. Al final, todo el que nace aquí, humano o ratón, termina regresando. A veces pienso que no es solo por nostalgia, sino porque aquí, incluso en la miseria, hay algo que nos llama de vuelta. Algo que no podemos ignorar. —

Simón observó el parque de las palomas desde la distancia. Ahora entendía lo que su madre había sentido. Ella había huido, sí, pero siempre había mantenido la esperanza de regresar algún día, de terminar sus días en la tierra que la había visto nacer. Y así lo hacían muchos. Los humanos que se iban en masa por las condiciones deplorables de la isla volvían una vez envejecidos, recibiendo sus pensiones, para acabar sus vidas en este lugar que, a pesar de todo, seguía siendo su hogar. Un hogar que no les había dado mucho, pero que los llamaba de vuelta para su despedida final.

—Es la tragedia de esta isla —murmuró Simón, observando los callejones que lo habían visto crecer—. Nos vamos porque no podemos vivir aquí, pero tampoco podemos morir en ningún otro lugar. Todos volvemos, aunque sea para terminar nuestra triste vida en esta tierra que nunca nos dio lo suficiente. La isla... este nido de ratones, siempre nos reclama. —

Rodolfo frunció el ceño. —Es cierto. Y lo peor es que, mientras tanto, las condiciones siguen igual. Los humanos, atrapados en su corrupción, en sus ciclos de promesas vacías, no ven que mientras ellos luchan por el poder, nosotros, los invisibles, seguimos sobreviviendo entre las ruinas de su civilización. —

—Sí —agregó Baltasar, con una sonrisa sarcástica—. Regresan con sus pensiones, a terminar sus días en esta isla que no les dio más que problemas. Pero al final, no pueden evitarlo. Esta tierra nos llama de vuelta. Siempre lo ha hecho. Y así, volvemos, uno tras otro, a morir en el lugar donde todo comenzó. —

Simón sintió que estaba cerca de su destino. El parque de las palomas y el olor que lo envolvía le decían que el final de su búsqueda estaba cerca. El ciclo estaba a punto de cerrarse. Sus hermanos, aquellos que había perdido, lo esperaban en algún rincón de estas calles, y él, como tantos otros antes, había regresado para encontrarlos, para cerrar el capítulo que había quedado inconcluso en su infancia.

—Sigamos —dijo finalmente, su voz cargada de determinación—. Estamos cerca. —

Y con esas palabras, los tres ratones continuaron su recorrido, atravesando las sombras de la ciudad, conscientes de que, al igual que tantos otros antes que ellos, estaban regresando a su última morada, el lugar donde todo terminaría, tal como había comenzado.

Baltasar se adelantó en silencio, deslizándose como una sombra entre las piedras de los adoquines desgastados. La calle del Cristo y la Tetuán estaban a solo unos metros, pero en esa hora, cuando la ciudad dormía o se ahogaba en sus propios excesos, el tiempo parecía detenerse. Las cuatro de la madrugada era la hora en que el mundo se encontraba suspendido entre la noche y el amanecer, esa franja oscura en la que los humanos se volvían vulnerables, y los ratones, como él, dominaban las calles.

Llegó a un rincón oscuro donde sus correligionarios lo esperaban, agazapados en la penumbra. Allí, entre los escombros de la ciudad y los restos de una fiesta olvidada, engullía un pedazo de pizza dejado por algún humano despreocupado, acompañado de un sorbo de cerveza que había encontrado en uno de esos vasos plásticos que inundaban las calles, ahogando a la humanidad y al reino animal del mar. Ese plástico, ese desperdicio que los humanos desechaban con tanta indiferencia, se había convertido en un símbolo de su decadencia, de su incapacidad para cuidar el mundo que ellos mismos habían creado.

—¿Qué me tienes? —preguntó Baltasar, limpiándose los bigotes con un gesto rápido mientras las sombras de la madrugada se alargaban a su alrededor.

Uno de los ratones que le acompañaban, un roedor de pelaje oscuro y mirada aguda se inclinó hacia él, susurrando con voz baja, como si las paredes pudieran oír lo que estaba a punto de decir.

—Nina y Rufus... se encuentran cerca. Hemos oído que estarán en este sector mañana por la noche. Si tienes paciencia, podrías verlos reunirse en la plaza. Los hermanos de Simón están vivos, y parece que el destino quiere que se encuentren. —

Baltasar sonrió, pero no dijo nada. Sabía que esta información sería oro puro para Simón, un bálsamo para su dolor constante. Pero también sabía que las sorpresas inesperadas podían ser un alivio mayor para el alma que la anticipación. Decidió guardarse la noticia, dejar que la vida misma tomara su curso y que el reencuentro llegara como un regalo imprevisto.

—Perfecto —dijo con un tono neutral, como si fuera un hecho sin más importancia—. Mañana será un buen día.

De regreso, mientras caminaba bajo la luna menguante, Baltasar pensaba en Simón. Sabía que su amigo estaba exhausto, que cada paso que daba era una batalla interna contra el cáncer que crecía en su extremidad. A pesar de su cojera evidente, Simón no se quejaba. Era un ratón astuto, un luchador que no dejaba que la desesperación lo consumiera. Sabía que su tiempo era limitado, que la muerte le rondaba como una sombra siempre presente, pero aun así avanzaba, decidido a cumplir la última promesa de su vida: encontrar a sus hermanos antes de partir de este mundo.

—Es un tipo duro —murmuró Baltasar para sí mismo, admirando la tenacidad de su amigo mientras se adentraba en los callejones oscuros.

Simón, por su parte, cojeaba cada vez más, el dolor en su extremidad convirtiéndose en una molestia constante que parecía crecer con cada día. Pero, como bien sabía Baltasar, había algo que lo ayudaba a mitigar ese sufrimiento. Cuando encontraba vasos plásticos abandonados, llenos de cerveza caliente y olvidada, bebía con avidez. No era por el placer, sino por la necesidad. Ese líquido amargo, esa cerveza olvidada que los humanos tiraban como si no tuviera valor, era su anestesia. Mientras los humanos se ahogaban en sus propios desechos, Simón encontraba en ellos la única forma de calmar el dolor de su cuerpo que se desmoronaba.

—Todo este plástico... toda esta basura... —murmuró Simón en una de esas noches en que el dolor parecía más intenso—. Los humanos se están ahogando en ella, y nosotros, los invisibles, seguimos viviendo entre sus ruinas. Es irónico, ¿no? Que el plástico que mata al mar nos mantenga a nosotros vivos. —

Rodolfo, quien lo acompañaba en ese momento, asintió en silencio. Ambos sabían que el tiempo de Simón estaba contado. Pero también sabían que Simón no se iba sin cumplir con su meta. Los humanos, con sus elecciones, su corrupción y su caos, podían seguir luchando por un poder vacío. Los ratones, en cambio, sabían que su vida no dependía de esas batallas de superficie. Simón no buscaba poder ni reconocimiento; solo quería cerrar el círculo de su vida. Encontrar a sus hermanos, verlos una última vez, y luego... descansar.

—No nos queda mucho tiempo —dijo Simón, su voz firme pero teñida de agotamiento—. Pero antes de irme, quiero cumplir lo que me propuse. No puedo irme sin ver a Nina y Rufus. Después... no importa. —

Baltasar, que había guardado el secreto de su encuentro cercano con los hermanos, lo miraba de reojo, admirando su tenacidad. Sabía que el reencuentro estaba a la vuelta de la esquina, pero no quería arruinar la sorpresa.

—Tendrás lo que buscas, Simón —pensó Baltasar, mientras caminaba en silencio a su lado—. Aunque el mundo se derrumbe, encontrarás a tus hermanos. Y eso, amigo, será tu última victoria. —

La ciudad, ajena a sus preocupaciones, seguía vibrando en la lejanía con el eco de las promesas vacías de los humanos. Mientras tanto, los ratones, invisibles y resilientes, continuaban su lucha silenciosa, sabiendo que, en las sombras de ese caos, siempre había un camino hacia el final que buscaban.

Y para Simón, ese camino estaba cada vez más cerca.

X

La noche siguiente, la que marcaría el destino de Simón, coincidió con el caos absoluto del día de las elecciones humanas. La capital era un hervidero, un mar de gritos, banderas ondeantes y promesas rotas que chocaban con las piedras antiguas de la ciudad. El bullicio era ensordecedor, y aunque Simón, Rodolfo y Baltasar permanecían en las sombras, sabían que tendrían que esperar hasta bien pasada la medianoche para moverse. En el tumulto desenfrenado de la celebración, no había espacio seguro para nadie, ni siquiera para los invisibles habitantes de las alcantarillas.

Cuando por fin las calles comenzaron a vaciarse, y el eco de las risas y las lágrimas humanas se desvaneció, los tres ratones avanzaron lentamente, sus pasos cargados de una mezcla de ansiedad y esperanza. Cada calle parecía alargarse eternamente, cada esquina un laberinto que los separaba del destino final de Simón. La calle Tetuán estaba cerca, y con ella, la plaza donde, se rumoraba, se encontraban los hermanos que Simón había soñado durante meses.

El aire estaba denso, cargado de la energía residual del día, pero también con algo más, algo más profundo y sutil. Era como si la ciudad misma hubiera detenido su respiración en ese instante, como si supiera que un reencuentro inevitable estaba a punto de suceder. Al llegar a la plaza, vieron que estaba atestada de ellos, de sus pares murinos, seres que también aguardaban bajo la quietud de la noche, compartiendo esa misma expectación.

En una esquina, algo apartados del bullicio, Simón los vio. Nina y Rufus Montiel, sus hermanos. Era como si el tiempo se hubiera detenido en el preciso momento en que sus miradas se encontraron, como si el aire mismo se hubiera vuelto más ligero, permitiendo que el alma de Simón flotara libre por primera vez en años. Nina, con su pelaje un poco más apagado por los años, y Rufus, con la mirada serena de alguien que ha vivido demasiado, lo reconocieron al instante. Y aunque habían pasado años, décadas, se sintió como si nunca se hubieran separado.

Un giro sutil de aromas los unió antes que sus cuerpos, una danza de feromonas que flotaba en el aire, tejiendo el puente invisible que los había mantenido conectados a través del tiempo y la distancia. Simón, que ya cojeaba visiblemente, avanzó hacia ellos con una fuerza que parecía salir no de su cuerpo debilitado, sino de su corazón. Y entonces, sin palabras, se lanzaron unos sobre otros en un abrazo fraternal que desafió la muerte, la distancia, y los años.

El cuerpo de Simón, agotado por la vida, pareció rejuvenecer en ese instante, como si el dolor que lo había perseguido durante tanto tiempo se disolviera en el calor del abrazo de sus hermanos. Rufus y Nina lo rodearon, envolviéndolo con la suavidad de su pelaje, y los tres se quedaron ahí, en una unión tan natural como el cielo estrellado sobre ellos. Sus narices temblaban al reconocer los rastros que habían estado buscando toda su vida.

—Hermano… —susurró Nina, su voz quebrada por la emoción contenida—. Has vuelto. —

Simón no respondió con palabras; no hacía falta. Todo lo que necesitaba decir estaba en ese abrazo, en el latido compartido de sus pequeños corazones. Era un momento tan puro, tan lleno de amor y añoranza, que la plaza entera pareció detenerse en su honor. Era como si incluso el viento, que antes agitaba los árboles, hubiera decidido observar en silencio el reencuentro, respetando el milagro que se desplegaba ante él.

Rodolfo y Baltasar, que observaban desde una distancia prudente, sintieron un nudo en la garganta. Aquella escena, aquella belleza sencilla y natural, era suficiente para hacer llorar a cualquiera que entendiera lo que significaba haber recorrido una vida llena de obstáculos, con la muerte siempre al acecho, y llegar al final con la misión cumplida. Simón había vivido lo suficiente para lograr lo que tantos otros nunca alcanzaban: volver a su origen, a su familia, y descansar en paz.

Las lágrimas de emoción parecían flotar en el aire, invisibles pero palpables, derramándose desde las esquinas más íntimas del alma. Nadie en esa plaza podría haber presenciado ese abrazo sin sentir un leve temblor en el corazón, un recordatorio de que la vida, por muy cruel que fuera, a veces concedía esos pequeños milagros.

Simón, por fin, se separó de sus hermanos, aunque solo lo justo para mirarlos a los ojos y sonreír, con una serenidad que nunca había sentido. La paz que lo invadía era tan absoluta, tan reconfortante, que supo que ya no importaba lo que viniera después.

—Lo logramos —susurró Simón, sus ojos brillando con las lágrimas que no había permitido que cayeran—. Lo logramos. —

Nina y Rufus lo estrecharon una vez más, susurrando palabras que el viento pronto se llevaría, pero que quedarían impresas en el corazón de los tres para siempre.

En ese momento, en medio del caos de una ciudad en la que los humanos celebraban sus victorias vacías, un milagro más profundo había ocurrido. Y aunque el mundo exterior siguiera girando, la pequeña plaza de la calle Tetuán fue testigo de un reencuentro que trascendía el tiempo y la vida misma.

Simón, finalmente, había encontrado su paz.

Mientras en la ciudad, bajo las luces mortecinas y el eco de las celebraciones, la candidata a las elecciones por el partido del poder comenzaba a saborear su victoria, el aire se llenaba de promesas vacías, como esas hojas de papel que el viento arrastra y nadie recoge. Había prometido, como tantos antes que ella, lo imposible: sacar a la compañía de energía privada que drenaba los bolsillos del pueblo, desmantelar la junta fiscal que oprimía con su yugo de austeridad, erradicar el comunismo —esa amenaza invisible que nunca había existido— y, en un giro absurdo, hasta expulsar a los ratones que compartían las sombras de la ciudad.

Los resultados se inclinaban a su favor, pero no con la fuerza de una ola, sino con la fragilidad de una hoja en otoño. Su triunfo se iba a lograr por un margen tan mínimo que ni siquiera la matemática podría certificarlo con exactitud. Los gritos de victoria ya resonaban en las calles, pero sabían huecos, como el eco de una mentira que todos aceptan, pero nadie cree. El escrutinio necesitaría un recuento, un proceso tedioso que solo alargaría lo inevitable. Y, para cuando llegara ese momento, ya a nadie le importaría lo que hubiera pasado realmente.

—Es un ciclo que se repite —murmuró Rodolfo, mientras observaba la ciudad desde la distancia—. Prometen lo imposible, ganan con las migajas del poder y luego... luego nada cambia. —

Baltasar, siempre cínico, asentía con una sonrisa amarga. —Dos terceras partes del electorado no votaron a su favor. Ochenta por ciento del pueblo no la eligió. Y, sin embargo, aquí está, gobernando. Es un gobernante de minorías con poder absoluto sobre las mayorías. Es la ironía más cruel del sistema. —

Simón, que caminaba lentamente entre ellos, sintiendo el cansancio de su larga travesía, frunció el ceño. —Es como si nunca aprendieran. Vuelven a elegir lo mismo que los ha llevado al desastre. Como si el miedo a cambiar fuera más fuerte que el deseo de mejorar. —

—Es lo mismo de siempre —respondió Baltasar—. Nadie va a sacar a la compañía de energía privada. Nadie va a sacar a la junta fiscal. Y mucho menos van a sacar el comunismo, ese fantasma que nunca ha existido en esta isla. Lo que han votado es más de lo mismo, y el país seguirá desmoronándose bajo su propio peso. —

La ciudad, que celebraba su nuevo liderazgo, no comprendía lo que realmente estaba en juego. Las promesas de cambio no eran más que un teatro, una obra repetida hasta el cansancio. Los humanos bailaban al son de una música que no controlaban, y aquellos que intentaban escapar de la pista de baile se encontraban atrapados en los mismos acordes vacíos de siempre.

—Lo peor de todo —añadió Rodolfo, con un suspiro cansado—, es que la verdadera ironía está en nosotros. Dicen que quieren sacarnos de nuestro hábitat, a nosotros, los ratones. Pero somos los reyes del mambo cuando los humanos no saben bailar. —

Simón rió suavemente, aunque el sonido estaba teñido de amargura. —Somos los invisibles que siempre estarán aquí. Nos escondemos en las grietas de su sistema, prosperamos en su desorden, y sobrevivimos cuando ellos colapsan. No pueden vernos, pero aquí estamos, bailando nuestra propia danza mientras ellos tropiezan una y otra vez con los mismos errores. —

Baltasar alzó la vista hacia los edificios que se alzaban en el horizonte, esas mismas estructuras que antes representaban el poder humano pero que ahora parecían sombras vacías de lo que alguna vez fueron. —Ellos piensan que controlan el juego, pero nosotros... nosotros hemos aprendido a movernos entre sus jugadas. Y mientras sigan cometiendo los mismos errores, nosotros seguiremos siendo los verdaderos reyes de este laberinto. —

La victoria electoral, ese triunfo que apenas rozaba el borde de lo legítimo, era solo una muestra más de un sistema que se había roto hace mucho tiempo. Los humanos seguían creyendo en promesas que no se cumplirían, votaban por líderes que no los representaban, y mientras tanto, la isla, esta tierra que todos amaban pero que pocos podían salvar, se hundía más en su propio deterioro.

—No va a cambiar nada —concluyó Simón, su voz baja pero firme—. Pero nosotros... nosotros siempre estaremos aquí. Porque cuando todo se venga abajo, seguiremos bailando, como siempre lo hemos hecho, en las sombras de su fracaso. —

Porque, al final, los humanos podían perderse en sus propios laberintos, pero los ratones, los invisibles, siempre sabían cómo encontrar la salida.

Eran las últimas palabras antropomorfizadas que Simón pronunciaría ante sus hermanos, esas palabras cargadas de la humanidad que había absorbido en su vida entre las sombras, en ese constante viaje de resistencia y búsqueda. Frente a Nina y Rufus, con sus cuerpos abrazándolo como si quisieran mantenerlo en este lado del mundo un poco más, Simón sintió cómo la fuerza de su dolor y el cumplimiento de su destino trazaban el camino hacia su fin. Había llegado a la última meta, esa que se impone con la certeza de quien sabe que ya no hay más batallas que pelear.

El aire en la plaza de Tetuán se volvió denso, como si el mismo tiempo se hubiera detenido para observar la escena que estaba a punto de desarrollarse. Simón cerró los ojos lentamente, y en la oscuridad de su mente, apareció una imagen que lo llenó de paz: su madre, con su pelaje suave y cálido, esperándolo al otro lado de un charco de agua cristalina, tendiendo su pata hacia él, llamándolo con una dulzura infinita. Su voz no era un eco distante, sino una presencia viva, envolvente, que lo invitaba a regresar. No había prisa, solo una suave insistencia para que cruzara ese umbral, para que brincara el charco y se uniera a ella, donde la espera se había vuelto eterna y serena.

—Es tiempo, hijo —parecía decirle su madre desde ese otro lado del velo—. Ven conmigo. La senda está clara, y aquellos que en el mundo han sido sabios ya han pasado por aquí. No temas. —

Simón, sintiendo el peso de su cuerpo desvanecerse, se dejó llevar por esa llamada. Los dolores que lo habían atormentado durante tanto tiempo comenzaron a disiparse como bruma al amanecer, y en su lugar, una ligereza indescriptible lo envolvió. Ya no había lucha, ya no había cansancio. Solo quedaba la paz. Una paz que había buscado toda su vida sin saber que lo esperaba al final del camino.

El momento fue sublime. En esa pequeña plaza, donde los adoquines habían sido testigos de generaciones de ratones y humanos, el alma de Simón comenzó a elevarse, liberándose de su envoltura terrenal. Los otros ratones que observaban desde las sombras, conmovidos en silencio, sintieron algo que iba más allá de la comprensión común. Era como si el mismo aire hubiera decidido acompañar el alma de Simón en su viaje hacia lo desconocido, como si cada brisa que pasaba entre los árboles susurrara una despedida llena de reverencia.

Nina y Rufus lo sostenían aún, pero ya no era su cuerpo lo que abrazaban, sino el eco de su presencia, el rastro de una vida que había sido plena, aunque difícil. Las lágrimas rodaban por sus pequeños rostros, pero no eran lágrimas de tristeza. Eran lágrimas de gratitud por haber compartido esos últimos momentos, por haber sido testigos del reencuentro final de su hermano con la madre que nunca lo había dejado de esperar.

En lo alto, sobre la ciudad dormida, el alma de Simón se alzaba en busca de su última guarida de paz, un refugio que siempre había sentido en el fondo de su ser. El cielo sobre la bahía se tiñó de un suave azul violáceo, y las estrellas brillaron con una claridad inusual, como si estuvieran alineadas para guiarlo en su camino. Y ahí, en la distancia, Simón vio el lugar más hermoso de la capital: la bahía que Juan Ponce de León había nombrado, sin la huella de Cristóbal Colón, un rincón de la isla que, a pesar de su tumultuosa historia, siempre había ofrecido una belleza innegable.

La bahía resplandecía bajo la luz de la luna, un espejo tranquilo que reflejaba las almas que, como Simón, encontraban finalmente su descanso en la serenidad del otro lado. El alma de Simón, que había soportado tanto, ahora flotaba libre, danzando en el aire, abrazada por la luz suave del cielo nocturno.

Y entonces, en ese instante perfecto, Simón cruzó el charco. Encontró a su madre al otro lado, y juntos caminaron por la senda oculta, esa que solo los sabios pueden ver, donde los que han vivido plenamente se encuentran. Y mientras la ciudad seguía su curso, entre el caos de las elecciones y el ruido de los humanos, un pequeño milagro había ocurrido en silencio. Simón, el ratón que había luchado contra el tiempo y la enfermedad, había encontrado su paz.

La plaza de Tetuán, bañada en la luz tranquila de la madrugada, quedaba como un testigo mudo de ese momento sublime. Aunque el cuerpo de Simón ya no estaba, su esencia permanecía, vibrando en las sombras, entre el susurro del viento y las piedras que guardaban su historia. La ciudad continuaba su agitado curso, ignorante del milagro que se había desplegado en su seno, pero aquellos que lo vieron, aunque fuera por un instante, sabían que algo sagrado había ocurrido.

Simón, después de una vida de lucha y de sueños incumplidos, se había elevado a un lugar más allá del dolor y la incertidumbre. Allí, en lo profundo de la bahía, donde las aguas se encuentran con el cielo, su espíritu encontró la calma. El reflejo de la luna sobre el océano era su último abrazo, un manto de serenidad que lo envolvía, mientras las estrellas guiaban su viaje hacia la eternidad.

Su historia no se desvanecería con el tiempo, pues ahora estaba entrelazada con la isla misma, como las raíces invisibles de un árbol antiguo que crece en las grietas del olvido.

En la superficie, el caos persistía. La nueva gobernadora, con su sonrisa ensayada y promesas huecas, había asegurado más de lo que nunca nadie podría cumplir. Sus correligionarios, aquellos afincados en los grandes intereses pecuniarios que financiaban su poder, celebraban su triunfo en las sombras de la capital. Las calles vibraban con la euforia pasajera de los que, aún cegados por la victoria, no entendían que ese festín de promesas terminaría en la misma desilusión de siempre. Los humanos, como tantas veces antes, celebraban su aparente avance sin saber que no habían movido un solo paso en la dirección del cambio.

Era una fiesta grotesca, cargada de excesos y desperdicios, el tipo de celebración que terminaba en basura y orina desparramada por las calles adoquinadas de la ciudad vieja. Para los ratones, sin embargo, era otra historia. Mientras los humanos se hundían en su resaca colectiva, los roedores se preparaban para su propia fiesta, una más silenciosa, pero mucho más efectiva. La isla era un banquete desbordante de sobras, y los ratones, astutos y pacientes, lo sabían mejor que nadie. Con su propia guía Michelin —o, como ellos la llamaban, la Micellin, en honor al ratón de la diáspora que había creado el término—, se disponían a degustar los mejores manjares de la noche.

—No hay mejor tiempo que este para los nuestros —murmuró Rodolfo, mientras observaba los restos de la celebración humana desde una grieta en la pared—. Todo lo que prometieron, todo lo que dijeron... nada ha cambiado. Nada cambiará. Solo hay más comida para nosotros. —

Baltasar, siempre mordaz, asintió con una sonrisa torcida. —Los humanos creen que controlan este juego. Pero míralos... sus fiestas, sus promesas, sus sueños vacíos. Al final, son solo basura que nosotros aprovechamos. La isla sigue siendo nuestro nido, y ellos, con sus excesos, solo lo alimentan más. —

El mundo de la isla había regresado al mismo punto donde lo dejó el nacimiento de Simón. No se había movido ni un centímetro, excepto para despertar nuevamente el hambre de roedores y humanos por igual. Lo que para los humanos era el mismo ciclo de promesas incumplidas y poder mal distribuido, para los ratones era una nueva oportunidad de florecer entre las grietas de ese sistema caótico.

—El nuevo resurgir no será más que otro nido de ratones —continuó Rodolfo, mientras observaba cómo las luces de la ciudad se apagaban una por una—. Un ciclo interminable. Ellos construyen, y nosotros devoramos lo que dejan atrás. —

La isla, en su aparente inmovilidad, estaba llena de vida. Los humanos, tan atrapados en sus luchas de poder, no veían cómo sus excesos solo alimentaban a los invisibles que convivían con ellos en las sombras. Los ratones, siempre presentes, siempre listos para aprovechar los restos de una sociedad en decadencia, sabían que mientras los humanos se enredaban en sus propios errores, ellos seguirían prosperando.

El viento soplaba suavemente sobre la bahía, arrastrando consigo el eco de las promesas vacías que la gobernadora había pronunciado con tanta facilidad. Pero en las calles, entre los adoquines y las alcantarillas, el verdadero nido de poder se estaba formando. Los ratones, con su resistencia silenciosa, sabían que el mundo seguiría su curso, y ellos, como siempre, encontrarían la manera de sobrevivir en medio del caos.

Todo apuntaba a que este nuevo ciclo de promesas humanas terminaría del mismo modo que había comenzado: con una fiesta de sobras y excesos, y un nuevo nido de ratones.

Epilogo

Cuando el alma de Simón abandonó la tierra, el mundo no se detuvo. Las estrellas siguieron brillando en la noche, las palomas continuaron sus vuelos sobre la plaza de Tetuán, y los humanos celebraron su efímera victoria electoral, ajenos a los pequeños milagros que ocurren en las sombras.

La isla, indiferente al sufrimiento y a la gloria de quienes la habitan, permaneció como siempre: un testigo mudo, una tierra antigua marcada por las huellas de innumerables generaciones. En sus grietas y cavernas, los ratones continuaban con su ciclo inmutable. La muerte de Simón, aunque significativa para aquellos cercanos a él, no detuvo el curso natural de las cosas.

El nuevo gobierno, el que había prometido liberar a la isla de sus males, pronto descubrió la imposibilidad de cumplir con sus grandilocuentes promesas. La compañía de energía, la junta fiscal, y la corrupción institucionalizada siguieron siendo los hilos que sostenían la estructura del poder. Los apagones continuaron asolando a la población, y en la oscuridad, los ratones se multiplicaban, alimentándose de las sobras que los humanos seguían generando con su indiferencia.

El pueblo, cansado de esperar cambios que nunca llegaban, se fue resignando a su destino. La isla, tan rica en historia, pero tan pobre en justicia, parecía condenada a repetir su ciclo una y otra vez. Los humanos se agolpaban en filas interminables para obtener recursos básicos, mientras los ratones, invisibles, pero siempre presentes, encontraban en esas mismas filas su sustento.

Sin embargo, en los rincones más oscuros de la capital, algo había cambiado. La memoria de Simón, aunque difusa entre los suyos, dejó una pequeña marca en los corazones de aquellos que lo conocieron. Nina y Rufus, sus hermanos, no lo olvidaron. Decidieron no limitarse a vivir en las sombras. Ellos, junto con otros ratones, comenzaron a organizarse, no para enfrentarse a los humanos, sino para sobrevivir con dignidad en un mundo que nunca los había querido.

El nuevo nido de ratones, el que se formó tras la muerte de Simón, no era solo un refugio. Era un símbolo de resistencia, una manifestación silenciosa del poder de los marginados. Mientras los humanos seguían aferrados a sus promesas rotas, los ratones creaban su propio orden en las entrañas de la ciudad. Y aunque nunca serían reconocidos, sabían que su existencia importaba, que su capacidad para adaptarse y resistir los hacía más fuertes que los humanos que gobernaban desde arriba.

La isla, vista desde lejos, seguía siendo esa pequeña joya en el Caribe. El mar seguía acariciando sus costas, y los turistas llegaban como siempre, maravillados por su belleza sin ver su sufrimiento. Las palmeras se mecían con el viento, ignorantes de los problemas que persistían en sus raíces. Y, entre las sombras, los ratones observaban, viviendo en un equilibrio frágil pero constante, mientras la isla continuaba su curso eterno, inmune a las promesas de cambio y a las lágrimas derramadas.

El ciclo no se rompió. Los ratones sabían que, mientras los humanos continuaran girando en torno a sus ilusiones de poder, ellos seguirían sobreviviendo. Era su destino, y lo habían aceptado. El alma de Simón se había elevado al cielo, pero su legado quedaba en las cavernas, en las alcantarillas, en cada pequeño rincón donde la vida encontraba su camino.

Y así, la isla permaneció, un nido de ratones entre las grietas de la civilización humana, una tierra de contradicciones, donde el poder visible era solo una ilusión y la verdadera supervivencia se tejía en las sombras.

* * *

Sobre el Autor

Nacido el 14 de abril de 1954 en San Juan, Puerto Rico, el Dr. Humberto Lugo Vicente, mejor conocido por Tito Lugo, es una figura distinguida en el ámbito de la cirugía pediátrica. Su carrera se ha distinguido por un compromiso ferviente tanto con la medicina como con la comunidad a la que atiende.

Durante su formación en el Colegio San José de Río Piedras, el Dr. Lugo Vicente no solo destacó en sus estudios, sino también lideró la banda de rock local "The Red Stones". Demostró habilidades excepcionales en áreas tan variadas como la música y las artes marciales, donde alcanzó cinturones negros en Shotokan y marrones en Taekwondo. Su empeño en financiar su educación en karate, a través de la venta de periódicos y otros trabajos, refleja su temprano compromiso con sus metas.

Graduado de la Universidad de Puerto Rico Magna Cum Laude en Ciencias, especializándose en Química y Bioquímica, el Dr. Lugo Vicente fue reconocido con la medalla de Química y la medalla Facundo Bueso por su sobresaliente desempeño académico. Continuó brillando en sus estudios de medicina en la misma universidad, graduándose como miembro de Alpha Omega Alpha, la sociedad de honor médica.

El Dr. Lugo Vicente ha marcado un hito en la cirugía pediátrica a lo largo de su carrera. Completó su especialización en Cirugía General y Pediátrica en la Universidad de Puerto Rico. Luego se unió a la facultad como Profesor de Cirugía Pediátrica. Su compromiso con la excelencia en la educación lo llevó a ocupar varios puestos de liderazgo, incluyendo el de presidente de la Facultad Médica y Director del Departamento de Cirugía del Hospital Pediátrico Universitario.

El Dr. Lugo Vicente ha sido un defensor incansable de la mejora de los servicios médicos en Puerto Rico, especialmente en su lucha por equipar al Hospital Pediátrico Universitario con salas de operación modernas. Esto ha beneficiado a innumerables niños y familias.

Fuera de su carrera médica, disfruta de una vida familiar enriquecedora junto a su esposa Wanda Torres Otero y sus cuatro hijos: Karlos, Alex, Javier y María del Carmen. Su dedicación al bienestar comunitario y su pasión por la medicina siguen siendo una fuente de inspiración para las nuevas generaciones.

Actualmente, el Dr. Lugo Vicente practica en su consultorio privado en el Hospital San Jorge y el Hospital Pediátrico Universitario. Allí proporciona atención médica de calidad, a la vez que cultiva sus intereses en la pintura al óleo, escritura y enología, siempre manteniendo el equilibrio y la moderación que caracterizan su filosofía de vida.

Otros Libros del Autor

https://www.amazon.com/author/titolugo.md
https://www.lulu.com/spotlight/titolugomd
https://www.bubok.es/autores/titolugo

1- Aquamistic (Spanish and English)
2- El Gran Sueño / The Great Dream
3- Marca de Faraón / Mark of Pharaoh
4- La Isla del Retiro / The Island of Retirement
5- Espejismos en la Red / Digital Deceptions
6- Voces del Silencio / Voices of Silence
7- Travos… (Spanish and English)
8- Misericordia Letal / Lethal Mercy
9- Pirulo… (Spanish and English)
10- …Elipsis… / …Ellipsis…
11- Precognición / Precognition
12- Simpronio… (Spanish and English)
13- Travesía del Destino / Journey Through Fate
14- El Escritor Olvidado / The Forgotten Writer
15- Providencia… (Spanish, English and Italian)
16- Nido de Ratones